初夏的风

early summer

郭碧花／著

文化发展出版社
Cultural Development Press

图书在版编目（CIP）数据

初夏的风 / 郭碧花著. -- 北京 ：文化发展出版社，2020.11
ISBN 978-7-5142-3213-4

Ⅰ. ①初… Ⅱ. ①郭… Ⅲ. ①随笔 – 作品集 – 中国 – 当代 Ⅳ. ①I267.1

中国版本图书馆 CIP 数据核字（2020）第 195973 号

初夏的风

郭碧花　著

责任编辑：魏　欣
出版发行：文化发展出版社（北京市翠微路 2 号　邮编：100036）
网　　址：www.wenhuafazhan.com
经　　销：各地新华书店
印　　刷：成都兴怡包装装潢有限公司

开　　本：880mm×1230mm　1/32
字　　数：175 千字
印　　张：7
印　　次：2021 年 1 月第 1 版　2021 年 1 月第 1 次印刷
定　　价：48.00 元
I S B N：978-7-5142-3213-4

目录
CONTENTS

第一辑　书卷多情似故人

第三辑　初夏的风

第一辑

书卷多情似故人

十二金钗十二花

林黛玉闭月羞花，娇俏伶俐，更有西施般的清瘦柔美，可谓绝世姿容；且聪慧有才，具诗人气质，秋水为神玉为骨，是宝玉眼中“神仙似的妹妹”。小说中写众人抽花名签、行酒令时，黛玉抽到一枝芙蓉，可见曹雪芹是把黛玉比作芙蓉的。可这芙蓉到底是指“水芙蓉”荷花，还是“木芙蓉”芙蓉花？作者没有告知，后人更是意见不一。

荷花亭亭玉立、冰清玉洁，出污泥而不染；芙蓉花初开白色或浅红，随后逐渐变为粉红、深红，凋落时最为艳丽。你心中的黛玉是哪一种呢？荷花乃中国十大传统名花之一，芙蓉花远未入围，二者的关系就如同小姐和婢女；何况作者宣扬“女人是水做的”。除了黛玉谁还配得上这高洁的荷花！我觉着黛玉是一枝洁白的荷花，孤零零立在塘里。

薛宝钗为牡丹，从无异议。牡丹盛开时雍容华贵，为“国色天香”，为“花王”。宝钗出身名门，美丽大方有才华，兼体态丰满颇有杨贵妃之姿，将她比作牡丹乃理所当然。中国文人素来含蓄，喜兰喜梅喜野菊；西方人喜爱的花往往色彩艳丽、团块大、能瞬间吸人眼球，如这牡丹。其实除了中国的嗟呀文人，普通人还是十分喜爱牡丹的吧！不然牡丹怎能名列“十大传统名花”之首呢。

宝钗处事圆滑，“不关己事不开口，一问摇头三不知”，她在贾府里能左右逢源，做到上下满意人人爱。怕是宝玉认为这牡丹有些俗艳，却又时常 hold 不住自己的眼睛。

贾元春早年入选皇宫，得封“贤德妃”，是贾府的政治靠山。只可惜元春因病早逝，时年 43 岁，贾府从此“呼啦啦似大厦倾”。昙花只开于夜间，并快速凋谢，元春不就是这昙花一现！

贾迎春就是迎春花啦！她纯洁善良，却懦弱怕事，因父母之命嫁恶少孙绍祖，早逝。春天开放的花无数，有梅花有水仙有山茶，有桃红杏白李花香。迎春花只不过小小黄花，却得“迎春”大名。宋代有诗曰：“黄花翠蔓无人顾，浪得迎春世上名。”贾迎春在众姐妹中才华最为平庸，无可圈可点之处，实在有些辜负此名。

贾探春精明干练，颇有眼光，行事能力不亚于凤姐，最后远走高飞。有人认为探春是“日边红杏”，即权贵身边的贵妇人，果真如此？

贾惜春古怪厌世，特立独行，后“勘破三春景不长”，出家为尼。小说中有一句话：“闻说道，西方宝树唤婆娑，上结着长生果。”这里的婆娑树，佛教里称“菩提树”。菩提树乃桑科常绿乔木，叶形美观，果实为隐头花序。以菩提树与佛教的渊源，且当惜春是这菩提树的隐头花吧！

王熙凤是贾府的核心人物，她在几百人的大家庭里，八面玲珑，表现出的管理才能无人可及。她可以巧笑倩兮也可以横眉大怒，她可以设相思局害死贾瑞，她还可以玩弄权术背地里干事伤天害理……她的才能与罪恶并存，她不止是泼辣，她是真狠毒。有一种花叫罂粟，其花瓣光泽如丝如绢，美艳无比，但其果制药，却能危害世间。以罂粟比喻这“凤辣子”最为合适！

巧儿生于七夕，得刘姥姥起名，在贾府衰败之后与板儿成婚，过起了男耕女织的平凡生活。如此看来，巧儿和山野间司空见惯的牵牛花多少有些相似之处。

李纨是宝玉的亲嫂了，贾珠（早逝）之妻，与王熙凤为妯娌，性格却截然相反。她温和宽容，与世无争，默默无闻。李纨如同梅花，严冬时节，百花凋零它自香。

秦可卿是宁国府长孙贾蓉之妻，算是宝玉的侄媳。她有着惊世骇俗的美貌，宛如来自仙境；她温柔却风流，涉嫌与公公贾珍干下“爬灰”的勾当！早逝。许多人认为秦可卿为仙客来，不过简单取其字面意义。其实她应为海棠花，原因如下：宝玉前往可卿卧室午休，入房向壁上看时，有唐伯虎画的《海棠春睡图》。《海棠春睡图》源自唐明皇和杨贵妃的典故，而杨贵妃原本是唐明皇儿子寿王的妃子，在小说中暗喻贾珍霸占儿媳可卿。海棠花为蔷薇科苹果属，与公园里常见的西府海棠极为相似。看啊，春天的一树树海棠花繁茂绽放，美得如诗如画！

史湘云乃史家千金，贾母的侄孙女。小说中有写湘云酒后卧睡芍药丛，活脱脱一幅“海棠春睡图”。不少人凭此认为史湘云为海棠花，但我觉得她为芍药更合适。芍药花大色艳，妩媚多姿，又称“花相”，与花王牡丹并肩。湘云聪明活泼、心直口快、生性豪爽，又才思敏捷，怎么也得与同样不姓贾的薛宝钗齐名才是！

妙玉出身苏州官宦家庭，与贾府无亲缘关系，交集在于贾府建大观园，妙玉入住栊翠庵。妙玉清高孤傲，一尘不染，如梨花，洁白如雪，吐幽香。

每种花的呈现基于遗传基因。每个人生命的呈现，性情受父母影响，也被生活造就。这人世间，哪里还有一方净土？即使藏身于佛前，也难逃厄运！可怜的黛玉，可恨的王熙凤，可悲的宝钗，可叹的妙玉……她们都逃不掉命运之神的魔掌，每个人都在生活的风雨里飘摇，每个人都身不由己。

后记：国庆期间，我被一副十字绣“十二金钗”打动，是师母花两年时间完成的。先是辨别图上十二金钗分别为何人，然后便不由自主地在《红楼梦》的故事里又走了一遭。

《一个人的村庄》读后感

《一个人的村庄》，记载了作者在故土逝去的青春岁月，用生活赋予他的智慧，用诗意的有灵性的文字。以下所感。

一、贵在真实。黄沙梁纯净无瑕、纯朴自然，那里的人、生物与自然和谐一体，在阳光下自由生长。这是作者构建的世外桃源。当我们努力寻找，或许也能在心灵中找到这样一个所在。少时故土的热闹喧嚣，如今的荒芜，作者倾尽了自己的怀念、失落和不舍。情感丰富细腻到极致。

它的吸引力在于真实，真实的情感和真实的生活体验。那些看似虚无缥缈的文字，蕴含的情愫你却似曾相识，注定会在一处又一处深深地打动你。

如果没有对故土深沉的思念和热爱，没有一颗聪慧敏感的心，断然写不出这样真实的文字。美妙的文字来自生活，来自真诚生活的人，来自诗意的灵魂。

二、字字珠玑。你一定读过不少华丽却虚空的文字，言之无物，随风即逝。有的小说，你忽略了几个段落，情节也能连贯起来；某些电视剧，你错过了几十集，观看也无大碍。这本散文集，语言纯朴而精炼，可谓字斟句酌，掷地有声，令人回味和遐想。你读某句话一时恍惚，也难以跟上作者的思维。所谓字字珠玑，也不过如此。

三、从琐碎到伟大。作者笔下的村庄，万物都有生命，都有灵性。一只狗、一块木头、一粒沙、一阵风、一片叶，作者都赋予它们生命。看似故乡杂陈琐碎的事物，读来却引人入胜。作者以情感为线，以情感为逻辑。顺着作者情感的线索，读来渐入佳境。从山涧小溪，进入江河，最后进入波澜壮阔的大海。这边风景独好。

于是，你发现，作者不仅仅是对村庄事物的描写，你还可以读到一种特别的寂寞，读到作者对大自然深邃的思考和深刻的领悟。突然想到名著《红楼梦》，全书所写尽是家长里短、生活琐事，却道尽人世沧桑。从琐碎到伟大，一个是散文，一个是小说，二者殊途同归。

四、真正的快乐，关乎灵魂。字里行间，不难读出作者的质朴、真实、善良和宽容。不仅如此，一个智者，他就像深邃沉静的湖泊，带给你真正的快乐。那些生命的记录，那些灵魂的诉说，展示了一幅幅鲜活的画面，照见了生活的艰难和人性的真实。你不会反感，你会更加热爱生活，懂得珍惜和从容面对。

你懂得了，扼杀快乐的不是贫穷，贪婪和欲望却会掏空你心中的纯净，让你找不到方向。

原本，真正的快乐，超脱于物质世界，它关乎灵魂。

五、悟透人生悲凉，向温暖前行。静静地读完，久久地思量。“每个人都在自己的生命中，孤独地过冬。我们帮不了谁。我的这一炉火，对这个寒冷一生的人来说，显然微不足道。他的寒冷太巨大。”“我知道这一时刻之外，我其余的岁月，我的亲人们的岁月，远在屋外的大雪中，被寒风吹彻。”这是一种悟透人生的深邃与悲凉。

透了也好，便不再迷糊。短短人生，且向温暖前行。

读《杀死一只知更鸟》

美国小说《杀死一只知更鸟》，主题为批判种族主义。

小小的知更鸟，它在人间只唱歌，从不作恶，却依然被杀害，如同文中黑人青年汤姆的遭遇。这是多么悲伤的事啊！

我知道，世上有那么些人，即使很老了，他的目光依然清澈，他的心地依然纯真善良，就像书中的父亲阿迪克斯。主人翁阿迪克斯，最让人感动的其实是他的勇敢和正义，他像上帝派来的使者，他是黑暗世界中的曙光。其实，只要你认可人人生而平等，只要你拥有善良，只要你愿意站在他人的立场上看待问题，每个人都可以做到，像阿迪克斯那样。

怪人拉德利是书中的神秘人物，也构成了整书的线索之一。他幽闭在家，几乎不出现在人们的视野，但他的影响似乎无处不在。他平日里给小朋友在树洞里放礼物，他在危难时刻出手相助，挽救了两个生命。善良总能温暖这个世界，善意才能让世界生生不息。

杜博斯太太用文不多，但她说要干干净净地离开这个世界，生命结束之前，要摆脱一切依赖，不亏欠任何人，也不依赖任何东西。

这令人震撼。死前她真的摆脱了吗啡——那种已经让她上瘾的镇痛药。信仰给人以无穷的力量，这力量足以让人面对死亡！

故事由小姑娘斯库特的视野展开，聪慧的她受父亲阿迪克斯的言传身教，已将世间的光明之火传承。要做到公平正义其实很简单，只要你摒弃成见，以小孩般纯真善良的视角看世界即可。善意总是可以对抗最固执的偏见。斯库特天性善良，生活中又被注入了勇敢和正义，她将成长为怎样一个人呢?!

书中人物不多，故事也不复杂。但每一个人物都栩栩如生，故事后面的信念很坚定，故事宣扬的善良、勇敢、平等和正义深得人心。这本书成为“塑造美国的图书”之一。

第一次买精装本。包装精美，排版讲究，纸张极好。400 多页，没有瑕疵，没有一个错别字，读来赏心悦目，如同欣赏美人儿。

读《西厢记》

当代女作家阿袁的小说，我很喜欢。注意到她常引用《西厢记》的句子，讽喻世人情感，极为妥帖，便决定读《西厢记》完整原文。

不曾想，开始读起来很困难。一则对戏剧角色不甚明了，不能对号入座。于是百度相关资料，了解“生旦净末丑”五角——现为四角，“末”并入“生”。二则对古词句知晓不够，典故多的句子直接看不懂。古文底子欠缺啊！只好耐着性子看比原文长许多的注释，字斟句酌。慢慢地，一些记忆中的古词句复活了。后半段便读得较为顺利，基本不用看注释。直到沉浸其中，千百年前的生活场景、世间百态、人生沧桑，历历在目。生平第一次，有了一种奇特的感觉——似乎终于走进了传统文化。

全文唱词精美，佳句极多，令人震撼。每一词每一句都稳稳妥妥的，可谓旖旎而熨帖，意境亦随之而来。口头语则生动活泼，文中多有准确细微的心理描写，情思婉转，情感含蓄而丰富。心底不由得出现一个词——完美。“碧云天，黄花地”几个字一出来，气氛一下子就烘托出来了。“柳丝长玉骢难系”，表难舍难分，准确达意。

“晓来谁染霜林醉？总是离人泪”紧接着“恨不倩疏林挂住斜晖”。“晓来”与“斜晖”同在，诗人造境不问四时，却具文学之美。这是只有一脉相承的中国人才懂的文化密码，这是我倚靠着的中华文化，这是心安处。

1200年前唐代元稹的传奇小说《莺莺传》是一个始乱终弃的悲剧，700年前元代王实甫的戏剧《西厢记》却有了圆满结局——有情人终成眷属。元代剧多为一本四折，而《西厢记》共五本二十折，读完却觉戛然而止、意犹未尽。网上搜了《西厢记》的戏曲片来看，黄梅戏的，比起普通现代电影来，节奏极慢，时长200分钟，是我看过的最长的影片，却能有滋有味地一气看完。

很幸运，与《西厢记》相遇，在这个二乔玉兰盛开的春天。剧作家的故事很少流传，只知道他早年为官，宦途坎坷。感恩古人王实甫，这定是他的呕心沥血之作。

读《基督山伯爵》

国庆假期之初，读完了法国作家大仲马的这部浪漫主义通俗小说。发现自己竟然可以一天看书 500 页约 40 万字！总共 1390 页 100 多万字的《基督山伯爵》，比中国的《红楼梦》还长。

然后就一直回味思索，没有开始其他的阅读。

隐约记得大学时读过这本书，内容早已忘记。但在这次阅读过程中，越来越坚信自己读过。令我惊讶的是，男女主人公重逢时的那段对话，那些句子好像我能背诵！

19 岁的男主善良热情、聪明勤奋。他即将升职，也即将与心爱的姑娘成婚，有着美好前程。不承想同事嫉妒他，情敌仇恨他。陷害由嫉恨开始，而法官因自保把他送入监狱。他遭遇三人连环陷害，渡过了 14 年冤狱生活。

复仇的火焰在心中燃烧。出狱后，尽管三个仇人都已经飞黄腾达，却相继得到了应有的惩罚。情敌太不堪一击，他无良的人生原本就有破绽，身败名裂只需要把底细戳穿。他最终妻离子散，自杀而亡。当法官审判自己的杀人犯私生子时，复仇只是让事实说话，让秘密重见天日。法官最后疯了。那位前同事，打击他倒是费了一些力气，贪得无厌的人最后败在贪婪。走投无路之时他一夜白头。欲置其于死地之时，蓦然发现，复仇的火焰已经熄灭。是啊，何必踩死一只蝼蚁，且让它苟活于世。死去未必不是解脱，活着才会感受痛苦。

其实，出狱后他首先做的不是复仇，而是感恩，并且在复仇过程中他的感恩一直持续。可是他的人生还没有完全展开就遭遇不测，他可以感恩的人太少——只有他的雇主。他呵护雇主的儿女，给予他们温情，赠与他们大量财富。虽然雇主的施恩只是人之常情，甚至举手之劳。他的感恩，源自他的孤独。是啊，每个人活在世上都很孤独。就如同我因为孤独而阅读，看小说里的人生百态；就如同人们在假期出游，看不同时空里他人的生活。

记下作者的两句话：人世间无所谓幸福与不幸，只有不同境况之间的比较，仅此而已。人类的全部智慧，都涵括在这两个词中——等待和希望！

读《散文》

无数个下午，我斜卧在阳台的小沙发上，一杯茶，一本书，一段灵魂出窍的时光。特别喜欢家里一个珐琅工艺的杯子，透亮的玻璃，盛着清澈的名为“瀑布仙茗”的茶水。无论我如何质朴，也禁不住这轻奢的美好。再翻开我钟爱的《散文》——百花文艺出版社月刊发行，那就是奢华了。

不知何时，我爱上了《散文》。早期我曾经喜欢《读者》类文摘，人生哲理，风花雪月，浪漫美好，读多了便觉得过于甜腻，后来我喜欢过杂文，然后是小说和散文。岁月悠悠，人过中年，我选择了《散文》，如同选择一个伴侣。

爱上《散文》，先是因为它的简约。欣赏简约的文字，读来省时省力，却带给人回味和温暖。“她面庞黑红，说话时总是先谦卑地笑。被儿子接进城，是她一去不复返的光阴里最大的希望。她的包裹拿起来有些吃力，几个蛇皮袋子，装了一个遥远的故乡。”简洁的语言，平实的描述，却透着很多信息与联想。读着，不知不觉就湿了眼眶。曾经看过的最长的一篇散文，18000 余字，一口气看完了，真正地体会了所谓“形散而神不散”的美妙。其实，只要言之有物，文章不必论长短。

爱上《散文》，因为它的灵魂。“我一扑向你，就感到无限温柔啊。我睡在你的梦里。你笑了，就像荷塘里、雨里、雾里悄然张开的一朵淡淡的花。”这是书里冯骥才先生的一段话。曾经读过的一期很特别，这期的每一篇文字，都有一个平凡的关注点：乐器、诗歌、舞蹈、隧道、树木、岁月里的街道。在常人眼里，它们是熟视无睹的事物；在散文家眼中，它们是历史与沧桑，是生活与梦想。文字的美，令我怦然心动。用优美的文字传达美，美的生活，美的心境，这是何等美好的事情！感激那些散文创作者，他们以平和的心态，用细腻精确的文字表述生活，从容地阐释人间百态，丰盈了我的生活；他们以独特的人生体验，把精华展示在这里，指引我心；他们以睿智与敏感写下的文字，无数次地打动我的心，使我不再孤独。

此生与《散文》结伴，一路执着快乐。

读《小说月报》

喜欢百花文艺出版社发行的《小说月报》，读了多年，从未间断，唯恐落下一期。2020 年 3 月，因为疫情没有买到当月刊，甚是遗憾。后猜测因疫情此期未及时发行，方释然。十多年来，看书中故事，品百味人生，似乎我自己的人生也丰富了起来。

我读书往往"盲读"——不问出处，也不注意作者是谁。但我注意到了百花文艺出版社，心中渐升敬重和感激。还注意到一个特别吸引我的作家阿袁。阿袁的小说，内容不空洞不啰唆，每句话都带有信息，读起来应接不暇，收获满满，总也看不累。她的文字常常稍改成语和典故，顺手牵来，用得恰到好处，意境明了，令人啧啧称叹。2012 年第 8 期有篇阿袁的《守身如玉》，"恼羞成怒之下，她一不做二不休，接二连三地给其他男人打电话……"女主之前坚守的不是爱而是婚姻，之后改变不是因为爱而是刺激。缘于人性，结于荒唐。文字极有张力！阿袁的描述常常令我向往。她写粉色的玫瑰，我就忍不住到市场上去买了一盆回来；她写一位女士涂了浅紫色的指甲油，上有一两片粉色的花瓣，我就想去做一次美甲，尽管我之前从未做过甚至对此反感。我相信文字后面的她是一个安静、温柔和智慧的人。我爱上了她的文字。

读到的好段落好句子，我习惯做标记。读过的好文章，我喜欢写简单的读后感，哪怕一句两句。“朝鲜战争，残忍到极致，苦难到无法接受。有些不敢往下读，文字却有莫名的吸引力。读完了，心惊胆战。”“语言新颖、幽默。道尽辛酸泪。”“当恩情无以回报时，它会成为受助者的负担。敏感的受助者不甘心仰视，总想捍卫自己的尊严。可捍卫需要能量，在拼尽心力的捍卫中，形成了病态的人格，像刺猬，掷给世界的标枪。”“读完这篇，心里打上一个大问号，因为真的没读懂。仅领会到一种意识流动的神秘和玄幻。人类的精神世界有多深邃，许多处我还望尘莫及。”这些我写在小说首页的文字，现在读来依然心潮澎湃。

2012 年第 8 期之《愤怒的小鸟》，“王者金圣木同学已经用教师办公室的电脑奋战了两个多小时，杀敌无数，收获金币颇丰……金圣木让庞壮飞看看表妹郑婷婷怎么样了……帮主，不好了，血量到底了。死了……不过也不是坏事……网上的宿敌不消灭，天下不太平，网下的宿敌不铲除，耳根不清净。”网瘾是魔，它让少年们分不清现实，辨不明亲情，甚至无视生死。是的，无视生死！他们在心里跟家长和老师说：我跟你们不是一个人类！他们看重积分和金币，尤其是自己在网络游戏中的地位。他们体会不到学习知识的乐趣，更无所谓与人交往的快乐。他们游走在另外一个世界里。文字沉重而幽默，作者的表达似乎有些夸张，却感觉无比真实。令人长叹之余，无奈苦笑。

或许好的文字应该配着好的纸张和制作。2016 年第 12 期却有好几张页面边角没有切开，还有几处小团油墨掩盖了半个字。我轻轻地撕开纸页，仔细地分辨猜测那半个字。但这期的《珞珈路》，让我忽视了它的瑕疵。缺陷没有影响我的心情，也没有影响阅读，反而令我欣喜不已。文字的美好不在于辞藻的华丽，而在于准确细腻的表达。沉淀于生活的犀利文字让人似曾相识，直击心灵。这时候，瑕疵仅是一个“小插曲”。

2018 年 10 月的内容很独特，大多为精品，我一一品读。但之后许久，一些情节、一些句子及一些感受依然萦绕于心，忍不住记下来。或许，这一期的主题是悲苦女性。《我的姑姑纳兰花》描写了纳兰花痛苦的一生。《简·爱》说人生来就是受苦的，可她最终摆脱了宿命。而那个时代的纳兰花，陷在无尽的痛苦里，她痛苦得无法呼吸，难以自拔，也没有人可以解救她。痛苦伴随了她的一生，似乎她活着就是为了承受痛苦。《春暮》，一个美丽的乡村姑娘，上大学，北漂，成家，离异。《镜子》，被泼硫酸后的女人，最终从高楼坠下。《夜奔》，出租车上那个痛苦失态的女人。《有人将至》，一对抑郁症夫妻与一位心理咨询师的交集。《深山来客》，一个贫病的女人，独爱电影。《紫河殇》，日本人屠刀下的东北女人。这一期震撼人心的还有以下两篇。《心脏病史》记叙的是一位望子成龙的家长和一个茁壮成长的中学生，一对当代城市母女，漫长的心灵相残。爱，成为最深的恨，最终母亲患上心脏病，随时可能离开，女儿患上时代的流行病——抑郁症，人生早已脱离原来母亲预设的康庄大道。毁灭，源自于母爱，原本天资聪颖前途光明的女儿走向了惨淡的生活。《月村的斯芬克斯》，写了一个呆傻姑娘的故事。她的母亲，也肆意安排她的生活，但因为她的傻，有些事情母亲无法控制。毁灭，同样来自母亲，傻女儿却获得了新生。她总是在村头问路人三个问题：你是谁，从哪里来？到哪里去？结尾的一段值得抄录：有人说你是月村的斯芬克斯，其实你是人间的天使。你从磨难中来，到人的灵魂里去。你用至纯至净的爱医治人间的爱无能。感谢你来过。

文字的力量，总是能触动人心，让人震撼和沉思。精确的表达就是美。人世间，孕育着一切。观世间百态，准确的洞察，熨帖的用词，如此所向披靡。

读《傅雷家书》

以为要花一个月的时间，结果一周便读完了。“看傅雷的第一封信，便流泪了。好吧，今晨到此。相信后面一定更丰富。如获至宝。”一个清晨，我在扉页空白处写下了这段话。

楼适夷的序，写得真好，因为真诚和懂得。“逝者已矣，只有他们的精神，遗爱和一生劳作所留下来的业绩，则将是永垂不朽的。”

傅雷与儿子傅聪，两个深邃的灵魂对话，有着一般人难以企及的思想高度和情感深度，读的人也跟着深沉了。时常，我的心里有足够的感动，却不能贴切地表达出来。这一周，我是如此幸运，看他们对话，与他们对话。

字里行间那个博大的灵魂，多么难得。我曾为自己一些不合潮流的想法感到自卑，或多或少地。原来，他这般坚守。“广义的宗教情绪，是对一切神圣、纯洁、美好、无邪的事物的崇敬”，“人的伟大在于帮助别人，受教育的目的只是培养和积聚更大的力量去帮助别人”，“关注社会问题和世间艰苦，为人类社会中丑恶的事情而悲痛是磊落的行为”。那个年代的人，心都是活着的，安放在它该在的地方。现代人常随波逐流，心思被物质左右，渐渐麻木，浮华令人们离自己越来越远。

傅雷对儿子无微不至地谆谆教导，殷切期盼。傅聪艺术造诣高，功成名就，享誉世界。这一切，源自父母的言传身教。“只有事实才能证明你的心意，只有行动才能表明你的心迹”，“我认为一个人只要真诚，总能打动人心的”，“我对你爸爸性情脾气委曲求全，逆来顺受，都是有原则的。因为我太了解他……我爱他，我原谅他”。这一切，也是父亲的信里叮嘱出来的，鼓励出来的。“人生没有 perfect 的一天！惟其如此，才需要我们夜以继日，终身的追求、苦练”，“一切艺术品都忌做作，最美的字句都要出自自然，好像天衣无缝，才能经得起时间考验而能传世久远”，“想不到你有这么些才华，想不到你的春天来得这么快，花开得这么美，开到世界的乐坛上放出你的异香”。父母不在身边，却倾尽了心思。他们愿意用其全部，换取儿子的幸福和成就。人间的情，如此深沉。

傅雷精心保存儿子的信件，分类、编号，以备随时翻阅，却在“文革”中几乎被破坏殆尽。倒是儿子傅聪在国外，从波兰到英国，周游大半个地球，父亲的信却也保存良好。父子情深，有着同样对彼此信件的珍爱，却有不同的结局。世间的事，如此莫测。

“人真是奇怪的动物，文明的时候那么文明，谈玄说理会那么隽永，野蛮的时候又同野兽毫无分别，甚至更残酷”，“爱人生，恋念人生而又随时准备飘然远行，高调，洒脱，遗世独立，解脱一切”。他理解人世，他坦然接受，从容赴死。1966 年 9 月 3 日凌晨，傅雷和夫人朱梅馥，愤然弃世。他们的墓碑上，刻着傅雷家书中的一句话：“赤子孤独了，会创造一个世界。”

从此，傅雷家书无法继续，世间因此缺少了一份美好。

Do Some Reading

近日读或听，又被文字吸引。好书美文有三，不由得记下来。

一、散文《柳梦梅：一贫无赖》。此文将《牡丹亭》里的柳公子剖析了一番，甚是有趣。现摘录一段：“既是无赖，也就无甚可爱，可是人家杜丽娘就是爱了，是不是正如巷间的话说的，男人不坏，女人不爱？但我自己仔细究竟一下，大概是：实在我们目力有限，而这世上值得一爱的男人又是寥寥，哎呀，碰谁就是谁吧，借着锣鼓唢呐，就这么吹吹打打，人生热闹总比寂寞好。”

看来柳公子是无赖，杜小姐却是无奈。无赖和无奈，千丝万缕般交织，剪不断理还乱。既然那般轰轰烈烈的爱都免不了无赖和无奈，那么婚姻呢？在我看来，借着锣鼓唢呐过热闹日子，未必就比寂寞好。这句话，很想说给近期感情受挫的一位老朋友。

二、白岩松的随笔《幸福了吗》。里面有这样一段话：人类面临的三大问题，顺序错不得。先是解决人和物之间的问题，接下来要解决人和人之间的问题，最后一定要解决人和自己内心之间的问题。说是转自梁漱溟先生《这个世界会好吗》的后记。其实，此段话早已读到，也已由此思考开去，并逐一对应身边的朋友。普通人如我，多半挣扎于这三个问题；身边的人似乎只有宙儿，正在致力于解决第三个问题。

三、听蒋勋说《红楼梦》。寒假伊始，听蒋勋细说名著《红楼梦》，渐次喜欢、投入、热爱。古今中外的典故、哲思，生活中的感悟甚或时政，这位台湾学者信手拈来，恰到好处。似乎这就是生活，全部的生活，就这一本书一个人，足够了。蒋勋读《红楼梦》三十遍，我仅读二三遍，原来我并没有完全不懂。至少，我是理解一小部分的。我懂得宝玉，以至他成了我对完美异性的理解和幻想，超脱世俗、用心、善良、真诚、宽容、痴情、无微不至。我理解黛玉，心里有个比天高的完美世界。多愁善感，为何不可？或许它并不意味着消极，而为某种积极。善感意味着心思细腻。没有细腻的心思，不能听懂音乐，不能欣赏绘画，不能阅读美文……细腻的生活才是有品质的生活。

是啊，我们为什么不去感受美好？我们不应该粗陋地活着！

读《温食记》

细细地读完《温食记》，竟觉得有些饿了，想品一碟温干丝，也有些渴了，想喝一些炒米茶。

温食，乃温热的食物，带着人体所需的热量和舒适的温度。当人们在太阳下挥洒汗水，在田间地头辛勤地劳作之后，或结束了一天的办公室工作，享用温食一碗，体贴了胃，暖和了身子，踏实了心灵。这是生活的温暖，这是世间平常的欢乐。

温食，温贫暖老。

贫穷年代，贫苦百姓，会有一口温食也吃不上之时。如流浪者，一碗热粥就足以让他感动，两个散发着热气的菜包子就足以使他落泪。贫寒人家，倘能一家人围坐，桌上有一些温食可以分享，即便不足以果腹，也是欣慰的。这在梵高的《吃马铃薯的人》的画里，你能充分地感受到。灰暗的画面，闪着幽暗的光，画里的土豆，是暖暖的烤土豆。人的一世，温饱为首，一箪食一瓢饮，终究是需要的。一盘烤土豆，便是一种怜惜，一份真情。

人之渐老，体能降低，抵抗力减弱。温食对于他们，便是格外的关爱。一个满脸皱纹的老者，牙齿掉了许多，一碗热气腾腾的玉米粥，便是最好的美味。我们每个人都会变老，我们都有向往玉米粥的那一天。

人之一世，无论贵贱。不过卧榻三尺，不过一日三餐。愿每个人饥渴的时候，面前都有一碗温食。

读《关于桥的事》

故乡的小镇有座美丽的桥，那里留下了作者儿时的欢声笑语，小桥似乎刻在了他的记忆里。如今，小河之上空空如也，小桥已经无影无踪。我仿佛看见作者伫立在河边，心中升起无尽的忧伤和失落。

这是一个迅速发展的时代，变化让人欢天喜地，却也让人措手不及。

摧枯拉朽的拆迁，钢筋水泥加黄沙的建造，四处高楼林立，脚下道路宽阔，车流滚滚。物质丰富了，人们的生活得以改善。

可是，祖辈留下来的许多记忆也消逝了，即使它们曾经那么美好，那么精致。那无边的稻田，产的米名为“绿畦香稻粳米”，《红楼梦》里曾有记载；那座小石桥有着完美的桥洞，使用了400多年依然如初，是历史的见证，也是古人留下的财富；桥头的龙王庙也不见了，它曾经承载乡人们数不尽的记忆和期盼。作者站在河边，久久凝望，感觉人生恍然如梦。

让我们记住那条河吧，它叫夏架河。还有那座桥，建于康熙年间，名曰通济桥。

直　面

睡前读了一篇网络长文，题为“我们的皮肤坏了”，极好。当“我们”遭遇生命的苦，接受、面对、尽力而为，在努力中任其自然。于是，那个叫“正午”的公众号，在我脑海里盘旋，挥之不去。

“正午”的故事，不像正规的文学作品那样，起承转合，归于期盼。它的文字很少引经据典，不算特别优美。它的品质在于真实，它的震撼力在于面对。直面惨淡的现实，揭开伤疤，让我们看见鲜血，体味生命的痛。从《我是范雨素》到《岁月之歌》，文字里有淡淡的忧伤，深深的悲凉。遭遇一些事，那不是我们的错，仅是我们的运气不好。在命运中遭遇，在生活中勇敢地直面现实。

想起李幺傻的《暗访十年》，何其艰辛。“正午”不是暗访，是记者行走在路上，记录，拍下，把体验和目睹汇成文字，记下这个地方这个时代的真实。它如一面镜子，照见现实的生活。

痴痴地写

一日，钥匙忘在了家里，家人还有两个小时才能回来，我只好幽幽地走走看看，漫无目的。不知不觉，我来到一家文具店，买了一支笔和一个笔记本。然后，我来到校园水池边，在长凳上坐下。之后的两个小时里，我在本子上写了满满四页，挥洒自如，心情舒畅。

猛然发现，原来我所需要的，如此简单！

平时工作生活甚忙。虽然琐事缠身，思绪却可以穿越时空，飞到世界的每一个角落。开会时，我偷空在笔记里写："近在咫尺，远在天涯，一脉相承，形同陌路……"和同事聚会，我会突然默默地取出笔和本子，记下盘旋于脑中的一个词。跟朋友聚会，举起杯，祝福节日快乐，心思却回到了和小伙伴一起偷橘子、爬荆棘山路的童年，并想着怎样把那些美好的往事记录下来。坐好友的车回家，她说要和朋友去吃晚饭，我说我要回家写点什么，好友奇怪地看我一眼。不知道为什么而写，却不愿意停下来。做饭时，我伏在厨房里的洗衣机上写，坐公交车时我在膝上写。

假期则要陪带小儿，每日里照看幼儿，似无分身之力，但大脑总归是有闲的。那时候我开始喜欢背斜挎的大包，可以装上儿子的用品，外加自己的一本书，还有笔和小本子。有时候，儿子和小朋友在公园玩，我则坐在旁边的长椅上读或写。有时候，带儿子去游乐场，我坐在角落里低头看书，或者写点什么，偶尔抬头用视线寻找儿子。周围人来人往，却感觉极安静。有一天，我忘记带小本子，四处翻找，终于在钱包里发现了一张废名片，开心地把它撕成三页，便有了可以写字的四个页面。这四页粗糙的小纸片，记下了那日里思维闪亮的刹那。

我的枕头下面总是准备着纸和笔。晚上要陪着儿子，儿子睡着以后，黑暗里，我常常还睁着双眼，浮想联翩。文思涌出时，我摸出枕边的纸和笔，一一记下，然后才放心地睡去。儿子夜里反复翻身时，就要叫他起床小便，他躺下马上就能入睡。而我脑子格外清晰，借着城市的夜晚从窗户钻进来的微光，便又在本子上写起来。有时候，枕边没有纸，笔记本可能还在白天背的包里。枕下儿子的故事书总是有的，我撕开书的封面，便有了两张可以写字的纸了。次日，用电脑整理好文字，再用胶水把封面粘好，谁也看不出来。

一天早晨，我惊讶地发现纸上竟然没有一个字，只能勉强看出划痕。笔又坏了？想起此前的某一天，也曾如此。心里开始怀疑，可能是儿子干的“坏事”——用我的笔在墙上和地上使劲划，然后笔尖就没法出水。一日晚，精力旺盛的儿子还在床上闹腾。我突然想写，就那样躺在床上仰着头写字。刚写了两行，突然又写不出字了。看着刚买的签字笔，心想儿子真是调皮啊。于是问道：“你又用我的笔在墙上写字了吗？”儿子看看我，摇摇头。沉默了一会儿，他像是发现了什么，认真地对我说：“妈妈，你的笔倒过来了，水就出不来了！”我笑笑，不太相信，试着把笔竖起来写，划了几下，真的就能写出字了！原来，我一直错怪了儿子！“哈哈……”儿子跟我一起大笑。

一个人，只要心活着，只要激情和希望还在，即使被琐事缠绕，又何妨?！慢慢地读，细细地想，痴痴地写，这是何等快乐的生活！

树先生

暑假里看电影《树先生》，全程让人心疼和压抑。此后几个月，这种感觉依然存在。没有哪部电影看似平淡，却如此震撼人心。只好写点什么。

总有一种似曾相识的感觉，仿佛我的“村子”也生活着一位树先生。

树先生是农村中年，相当失败，不得志。他因受伤失去了在修车铺的工作，彻底成了一个游魂。他年龄不小了，却还单身。他无所事事，四处游荡，被人嘲笑，被人们在心里叫为傻子。傻子总能带给人优越感，人们挺“喜欢”他，给他递烟，请他喝酒，叫他“树哥”，叫他某“总”某“长”。

在惨淡的现实面前，树先生竭力地维护着他的自尊。他总说“还有事儿呢，最近好多人找我”。可是这份尊严太虚假了，脆弱到随时会被人践踏。别人把他当作生活调剂品，一旦利益受到侵犯就愀然沉脸，甚至对他拳脚相加。当他的朋友小庄剐蹭了别人的车子，他为小庄求情，人家根本不理他，还连着他一块儿打；当他借着酒劲儿说村长妹夫占他家地的时候，人家反而逼得他下跪。似乎谁都可以欺负他。他醉酒后跟老同学说“活着没意思”，道出真心话，他不傻。

树先生不甘心，他只身前往长春，试图追随那个在他眼里最有文化最能理解他的老同学。他的老同学如今混成了奥校的校长，但人家也不理睬他，碍于面子让他扫地打杂。改变终是无望。最后，他带着哑女小梅，憧憬着跟小梅一起生活，回到家乡。

树先生其实是个善良、聪明、内心细腻的人。他会去劝停一群打架的孩子；他喜欢善良的矿工小庄，觉得小庄像自己死去的哥哥；他在黑板上画一些幼稚的画。他还有点文采，他给小梅发短信：“当我们相视的一刻，就是这世界最美的瞬间，就算给我个村长我也不当。”“相思是病，相忆是酒，你就像那烟酒，搞得我烟不离手、酒不离口。”让人不禁莞尔一笑。

亲情，树先生早就失去了一半（父亲和哥哥）。对于哥哥的死，他一直无法接受并且为此痛苦不堪。他的母亲似乎总是活在过去，他的弟弟嫌他不成器，对他很是冷淡。终于，在他的婚礼的前一天晚上，在兄弟俩因为弟弟借不到皇冠车而爆发的扭打中，树先生脑子里最后一根弦断了。树先生真的疯了，同时获得了“通灵法力”。

人世间这样的苦难很多。有人说，人活着其实是来受苦的。每个人心中都有自己的梦魇，每当心里有一些快慰，梦魇一旦出现，它会让快慰马上转为悲凉。树先生头脑里一直存在可怕的梦魇，但无人关注，无人抚慰，他那颗冰凉的心得不到任何一丝温暖。他只是活着，而且总是被人嘲笑。他无力反抗现实，无处寄放精神，他疯了。从此以后，树先生不跟这些俗人一般见识了！疯了多好！疯了就不必理睬现实中冰冷的一切；疯了就可以快乐地栖息在树上，像一只鸟儿；疯了就可以让那些曾经戏弄他的人反过来跪在他面前；

疯了就可以想什么有什么，可以让哑巴老婆牵着他的手说话，可以让仇人跪在他面前。

余华说：要么麻木地完成人生，要么在幻觉中完成人生。

在人类历史中，曾经所谓的“疯子”和举止怪异的人被认为是神灵的代言人，并被人尊崇。而视他们为“疯癫”，把他们隔离起来，则是近代的事情。俄罗斯历史文化中的“圣愚”，即认为愚人是圣人。法国哲学家福柯在《疯癫与文明》中说：社会中这些被我们称为“疯子”的人，使我们的社会得以稳固，使我们所谓的“正常人”活得心安理得。

这就是“树先生”存在的意义。他是我们这个世界的圣人，或许比我们大多数人有着更为完整的人格。通过他，我们看到自己。我们所谓的自尊和面子全部建立在别人的评价上，活了一生都找不到自己。

感谢王宝强。他演绎了一个形象生动又让人思考的树先生，演技真的还不错。树先生，Mr. Tree，定格在镜头中，定格在观影者的心底。虽然镜头中大树只有沧桑的树皮和虬曲的枝，但来年春天，大树肯定还会郁郁青青的。

听曲四首

一 “公子向北走”

这是一首曾让我入迷的古风歌曲，吉他伴奏，每词每句悠扬婉转至极，绝对能慰藉那些经历了情感沧桑的心灵。其中“无可无奈”一句，思量许久。是无奈？还是没有无奈？原来这分离如同雨打芭蕉一样自然，没有什么可算作无奈。是清醒，是放手，是释然，是自我解放，是经历之后的坚强。

细细听来，直到每一个词，在心里妥妥地安放。直到整首歌如同山涧小溪，在心底缓缓流淌。

我相信，任何艺术都有部分治疗的功能。神奇的音乐似乎有着不可估量的力量，所谓音乐疗法。世上有什么样的疼痛，就一定有什么样的解药，无论疼痛多么深重，总有一种解药能与之相克。

二　Right Here Waiting

理查德·马克斯的这首经典老歌，我听了无数遍。“Wherever you go，whatever you do，I will be right here waiting for you.”曲如天籁，情意地久天长。

这大概是世间最经典的爱的表白，以摇滚的形式。摇滚让这首歌增色，这首歌也让摇滚深入人心。理查德既是创作者，也是演唱者。这个帅气男人有才且深情，魅力何以抵挡？大他七岁的辛西娅，在电话里听完这首歌，潸然泪下。

1989 年，理查德与辛西娅结婚，此后育有三个子女。25 年后的 2014 年，他们宣布结束婚姻。红尘里的爱情，纷纷扰扰，难以经受时间的考验。艺术却可以抓住哪怕瞬间的真实。就是那份真实，令你我动容。

当激情消退，当爱已成往事。离开之后他还会唱这首成名曲吗？不管怎样，他们曾经深爱过。一起走过的 25 年，其实已成永恒。

三　Faded Gloryville

这是电影 *Humanity Bureau* 的插曲。

过去的世界，湖水清澈，水里有鱼，游泳的人很惬意。几十年之后，这样简单的画面即将成为历史。植物死去，没有清洁的水，人们难以生存，开始残杀弱者。但是，胜利不再有喜悦，争斗已经失去意义。

歌里的一字一句、每一个音符都透着忧伤，因为没有了希望。这不止是弱者的忧伤，是所有人的。弱者现在的命运，就是苟活者将来的命运。将来注定不会久远。征服大自然有何意义？戕害弱者有何意义？胜利有何意义？所以忧伤那么深远，忧伤里有反省、悲凉和绝望。

歌曲里也有平静，因这忧伤的曲调而平静？因无路可走而平静？

歌曲里还有光亮。我不会忘记那些美好的日子，那时我意气风发，追随梦想。即使如今世界已病入膏肓，即使走向灭亡，我依然抗争，为了伟大的公正，为了缥缈的希望。

现世的人们，你看到了吗？不远的将来，你会在意吗？

四　乌兰巴托的夜

江珊和苗圃合唱的这首歌的版本，我听了数遍。

月圆之夜，思念离去的人。人间天上，其实很近，生死也似乎并不相隔。我的眼里满含泪水，感觉离自己心里最思念的人那么近，那么近。当思念的痛苦有了适当的打开方式，痛便不再那么剧烈。

“我们的世界，只剩下荒漠。”你离去了，我的世界瞬间崩溃，我所有的所有毫无价值。实际上我一无所有，除了眼前无边无际的荒漠。但是，穿过旷野的风，天上飘动的云，都和我在一起，和你在一起。心灵的共鸣让人忘记了孤独，甚至忘记了痛苦本身。

江珊内敛，她唱出了歌曲的灵魂。苗圃外露，表演得有点夸张。台下的评论有些假惺惺，但这首歌依然感人。

唯有读书

悠悠岁月，唯有读书，能将生活串成一条长长的线。

二十七年前，大学毕业时，我选择留校，只因无比眷恋学校的馆藏图书。从此，我与书为友，弥补了小时候无书可看的遗憾。

十七年前，那个一月的下午，为了即将开始的旅行，我买了一本平素爱读的《杂文选刊》。火车上，旁边的男士借阅了我的那本杂志。他很安静，看得很投入。我可以忽略他的眼睛，却不能忘记他读书的样子。那一年，因书结缘，我收获了爱情。

十五年前，儿子出生，日子开始烦琐起来，却总会有空就捧起一本书。每天，如果没有走进书本，就会感觉缺少点什么。受我影响，儿子从小喜欢一切印有文字的东西，故事书、小说、报纸、说明书，等等。如今，这个茁壮成长的男孩，早已习惯并且喜爱读书。时常，我们一家三口，各自捧着一本书，静默不语。

七年前，一个作家朋友给我推荐了刘亮程的散文集《一个人的村庄》，我爱不释手，看得痴迷，后来一蹴而就写了读后感与朋友分享。我有不少这样的文友，我们时常相互推荐好书，用文字交流心得。触及心灵的友谊，经历了文字的洗礼，不再是过眼云烟，让人心里踏实而温暖。

我天生喜欢雨。夏日的暴雨，风雨交加，伴随着闪电和轰鸣的雷声，大自然无所顾忌的宣泄，会让我心里无比痛快。那一刻，我所有的不满和不快似乎都能得到发泄。我喜欢杂文，它如那些电闪雷鸣，它如杜鹃啼血，给我警醒和感动。我喜欢散文，它如春日的和风细雨，娓娓道来，浸润心田。我也喜欢小说，它反映时代，书写生活；它的美好不在于辞藻的华丽，而在于准确细腻的表达；沉淀于生活的犀利文字让人似曾相识，直击心灵，不得不感叹文字的力量。更有诗歌，它“省略去不言自明的赘语”，简洁、热情而美好！

许多岁月里的细节，往往在尘埃中飘逝；即使历史，也可能失去真实。能够留下来的真实往往是感受——那些作为人的情感，总是难以消失。它们留在汉代的乐府民歌里，留在大唐的诗里，留在那些宋词和元曲里，留在一篇篇传承下来的文字里，等待着一次次灵魂的碰撞。

我忘记购物，忘记名店，忘记时装……但我从来没觉得自己错过了什么。我沉浸书中，一切释然；我的眼睛永远不会无聊空洞，它坚定而自信。感谢生活，让我有闲读书；感谢先辈及当代的作家们，让我拥有如此丰富的精神食粮；感谢自己，保有健康的身体，让我可以与书为伴。是啊，我不想错过，我希望自己视力正常，精力有济，思维清晰。于是，我更加爱自己。

今日，伴着窗外悦耳的鸟鸣，我走进沉寂的《瓦尔登湖》和《大地上的故事》，不知不觉中，又一次灵魂出窍。

第二辑

一路上有你

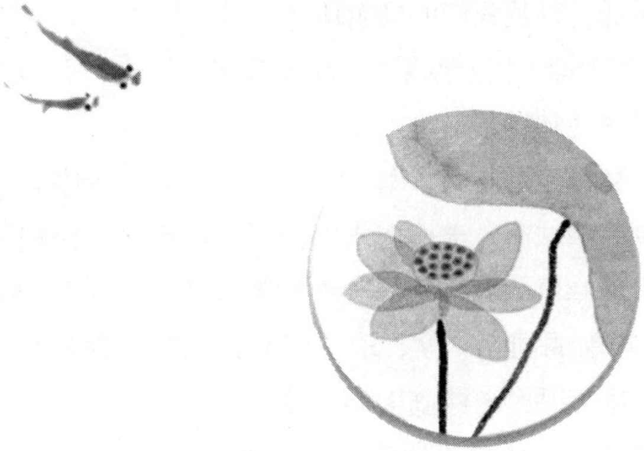

记我的小学老师

春蚕到死丝方尽，蜡炬成灰泪始干。每次读到这句话，我都会想起他——我们的吴志云老师。吴老师是我们的班主任，但他教我们所有的课程。时隔30余年，我仍然清晰地记得那段无忧无虑的小学生活，以及我们的吴老师。

“幸福来自于奉献”，他没有这样说过，但他的言传身教完美地诠释了这句话。

学校三面环山，南面有一个大水库，水库旁边的小路通向遥远的乡镇和城市。学校离水库很近，它连同蓝天白云一起倒映在清澈的大水库里，因此名曰“青云堂”。“青云堂”办学历史悠久，缘自200年前的同名私学，取“青云直上”之意。如今看来，那所小学实在太简陋，一棵高大的黄葛树下几间平房而已。但那时，它是我们的天堂。吴老师带着我们这些顽劣的野孩子，施以知识和教导，让我们得以启蒙。

学校没水没电，条件极艰苦。有一天，吴老师召集大家在学校后面的空地上栽树，他把我们这些十来岁的孩子排成一列，从水库一直排到地里，用几个脸盆盛水，同学们一个传一个，水就被轻松地从水库运到了那些树窝坑里。那个下午我们热情洋溢，心里无比激动。我想，“团结的力量”在那时肯定已经烙在了每个学生的心里，虽然当时我们还不懂。

吴老师让我们用当地随处可得的稻草搓成绳子。它有两个用处：一是绑在那些简易课桌下面，拉成一个平面，我们就可以在上面放书包和文具了；二是用它做跳绳，我们的跳绳总是很长，下课后同学们一起玩，连甩绳子也是件很锻炼人的事。学校生活的点点滴滴都离不开吴老师的指引。

每当下大雨的时候，山洪汹涌，河水湍急，学校旁边的那条河就会挡住我们的路，上学过不去，放学回不了。河上没有桥，只能趟水过河，这对身子单薄矮小的我们来说是极端危险的事情，我们本能地明白这一点，不敢独自过河。但我们不用担心，每当这时候，吴老师就会把我们一个个依次背过河。多少次我们默默地排着队，等待吴老师那双宽大的手和温暖的背。多少次我们虔诚且恐惧地望着河里的急流，盯着老师负重蹒跚的脚步。那时候，吴老师就是父亲，是高大的山，是我们的依靠，是一起同生共死的家人。

吴老师很帅气，但待人亲切自然。有件事印象特别深：一个男生的成绩进步明显，吴老师十分高兴。上课的时候吴老师表扬了那个男生，而且还用双手把他举起来，举得很高，高过头顶。我记得那一刻吴老师的眼里满是快乐。此后，我们十分羡慕那个男生，多想也能被吴老师高高地举起！

那时的小学还是五年制，那些岁月，在那样的环境下，人的思想自然是有些“封建”的。但吴老师带着我们到水库游泳，包括女孩子。最有意思的是他把长裤的两条腿吹上气，就能当游泳圈！此事至今我也觉得很奇妙。山区的农村普遍重男轻女，但我在成长的过程中，从未有过自卑，因为老师已经以他独特的方式把人人平等的思想灌输给了我。

吴老师会拉二胡，拉得相当有水平，唱样板戏的年代他和师母都曾是主角。我最喜欢的就是音乐课，吴老师时常拉着二胡教我们唱歌。时至今日，我偏爱二胡音乐，甚至对拉二胡的人也会另眼相看。隔着一座山、一片水，年少的我们走不出山村，音乐却让我们插上翅膀，带着浪漫和梦想，飞到遥远的地方。

吴老师一直在“青云堂”工作，送走一届又一届毕业生。直至退休，他在这个平凡的岗位上，工作了35年。2007年，吴老师刚办好了退休手续，却不幸病逝，这一年他60岁。得到这个消息时我失声痛哭，持续了不止半个小时。哭我永远不能再见的“亲人”，哭我在纷繁的生活里不该有的遗忘。此后的两年里，我体会了后悔的滋味；时至今日，那种刺痛仍时时来到我的心里。

吴老师啊，您勤奋进取、无私敬业、光明磊落，您曾给人以智慧和美德，给人以浩气和力量！可是您走得太快太急，我没有机会来报答您啊，哪怕是当面对您说一声谢谢。老师，您一定是幸福的，不然您怎会几十年如一日地工作，不然我怎么总记得您眼里那些快乐的光芒！

如今我也成了一位老师。老师的责任心已经刻进了我的心里，我在自己平凡的岗位上奉献着，像我的吴老师一样。

离别的季节

不知不觉，六月的日子已经过去好多天了。这个季节，这个城市总是下雨，虽是小雨，却淅淅沥沥地一直下着，没完没了。其实我是喜欢雨天的，也许真正喜欢下雨的人并不多，可我的偏爱是真实的。或许因为我不喜欢晴天的阳光和光线里的尘埃——它让我感觉到无比的迷惑；或许是因为雨天的记忆总是那么温暖、美好。

你就是我对于雨天的一份美好记忆。

你出现的那个六月，校园里充满离别的气氛，广播里不停地播放一首又一首的送别歌曲，你刚从外地的一个研究院做完论文回来，即将毕业离校。

认识你是因为我的室友，她跟你是同学，师从同一个导师。一天下午，我走出学校图书馆大门时，刚好碰上了你，记得那是我们第一次搭话。那天，下着小雨，我没有带伞，你把自己的伞递给我，说女士优先。我们一起回宿舍，我撑着你的伞，你却一路淋着小雨。到了宿舍门口，我还伞给你，说谢谢，你说你得谢我，我问为什么，你说因为我帮你忙拿伞拿了这么久！我抬起头，看见你在笑，快乐地笑。

有一次我和你参加同一个舞会，你前来邀请我跳舞，举止很有绅士风度。我想，你是我至今为止遇到的跳得最优雅且轻松的舞伴。我们一起享受着优美的音乐和旋律，那种感觉很美妙，似乎生活本来就应该是快乐的。校园舞厅的灯光下，我记住了你那明媚且自信的笑容。

离校前有一个联欢会，是在毗邻那个大学的舞厅举行的。那天晚上，共舞时我被你的自我陶醉感动了。当你再次牵起我的手时，我问："你怎么能这样快乐?"曲终时，你拉起我的手，带着我转了两圈，于是你把你的快乐通过指头传递给了我。回校的路上，天空慢慢地下起了雨，在雨中我们匆匆而行，你说："别太快了，那样会失去了你的优雅。"但你不是同样地在疾走吗?！就如你口中迸出的话语。后来，我们和室友三人去喝冷饮，该回宿舍的时候，你仿若意犹未尽，记得你说过一句话，你说以后怕是很难有机会请我们跳舞了。

一天晚上，我独自一人出门，为了一盘磁带。因为刚刚从收音机里听到孙悦的《伙伴》，我被深深吸引，心血来潮般，要去音像店找那首歌。下楼时碰见你，寒暄几句，你说陪我去找。外面下着若有若无的细雨，轻轻地落在我的手臂上，令人十分惬意。我们找了三个店，你仔细地逐一地查看磁带，没有找到。我失望了，说算了不找了，你笑着说要坚持，然后我们去往第四家店。途中一辆小车从我前边开过，而我竟然没有察觉，径直朝路中间走去，你迅速地使劲把我拉到一边，避免了现在想来也觉恐怖的后果。在那家小店里，我们终于找到了这首《伙伴》，我如获至宝。

后来，我知道你去了南方的一个大都市工作。

似乎是转眼间，一年的时光便从指缝间溜走了。这一年的六月我也做完了论文，完成了至关重要的论文答辩，紧绷的神经也得以松弛。有一天在宿舍的阳台上不经意地望出去，我惊讶地发现对面那排高大的法国梧桐像变了魔术似的——它枝繁叶茂，叶片在阳光下闪闪发亮，一片绿意盎然。不久前它好像还是光秃秃的呀！我知道又到了离别的季节，这一次是我该离去了。

记得六月中旬的那个下午，天空下着小雨，是那种细如发丝的斜雨，我在校园的路上迎面碰见你，你的出现让我感到无比意外，就像我那天发现楼外梧桐树的变化一样。如同遇见了离别多年的老朋友，我惊喜而快乐，你说你刚从昆明世界园艺博览园过来，在那里负责园区所有参展蔬菜的有关技术，是顺路到母校来的；你说你得马上走，着急赶火车回你的那个城市。于是我们说了再见，走了不远，当我回头去目送你时，却发现你也在回头。我便再次记住了你那动人的微笑，真诚率直，有着山城晴日般的俊朗，又仿佛具有某种震撼力。

毕业后，我离开了那个留给我许多美好记忆的学校，来到现在我住的城市，我们便失去了联系。

多年后的今天，我还如此清晰地记得你，记得你的快乐、你的笑容和你的绅士风度。在这个离别的季节里，记下关于你的几许回忆，是为了心中的思念，也是为了一声问候。远方的你，还好吗？

记我的哲学老师

那时，我迷恋你的课堂。每个周四的下午，我都期待着你走进教室的那一刻。听你的课是一种心灵的享受，如沐春风，如赏秋月。你那里有一片深邃而智慧的海洋，用之不竭。你的海水折射出太阳的光芒，指引我心的成长。

你是我的哲学老师，教授研究生哲学课程。听说你刚刚来到山城，离家别子。还听说你的博士专业不同于硕士专业，而且都不是哲学专业。我想，无论你进入什么专业，你都会不同凡响。

一个周末的晚上，你来到我们宿舍，我们在桌旁围成一圈闲聊。那是我跟你仅有的一次交往，而我也只是一个旁听者。我依然喜欢听你说话，就像在课堂上一样。我渴望走进你。那晚，我的眼睛睁大了，还闪着亮光，我的心灵张开了，激起一层层涟漪。记得你说你认为人与人之间——任何的两个人之间首要的关系应该是朋友。呵！亲爱的老师，那就是我们平时看到的你——尊重、关心和平等待人。记得你还说起你的老家，你给我们讲起老家的滨海盐土和盐土上随风而舞的蒿草，讲那里的油田和校园里美丽的湖，讲你在那里的生活……于是我便记下了那个城市的名字——山东东营，它便成了我特别向往的地方。

那段时间，我时常看见你穿行于校园，孤身只影。有一次见到你，你坐在校园里紫藤架旁边的长凳上，正专心致志地阅读，旁若无人。首先是你那缀满绿、蓝、紫三色树叶的衣裳吸引了我，然后你的沉静和超凡脱俗的气质，深深地打动了我。我知道不能打扰你，也不忍心打扰你。我屏住呼吸，从你身旁悄然走过。那个画面永远地定格在我的记忆里，美丽、优雅，或许还有一点孤独。

一个学期的课程结束，再也没有见到你。听说你出国了。你像一片云，轻轻地飘走了。但你的笑容，你的优美，你那些蕴含智慧和哲理的话语，一直珍藏在我的心里。

偶遇一片花草地，麦仙翁、矢车菊、百日草……竞相开放，美美的。生命中偶遇一些人，或成为知己，或在远处欣赏，美美的。亲爱的老师，此生安好！

今生的爱情故事

只是因为在人群中多看了你一眼

王菲的《传奇》空灵优美，歌词如诗。2010 年，我第一次听到这首歌，一丝惊诧掠过心底：在人群中——多看了你一眼！思绪便回到了七年前。

2003 年初的那个下午，天气似乎不太寒冷。我走到火车站门口，在熙来攘往的人群中，选择了一个相对宽敞的位置，放下行李，轻松地消磨时间，等待旅行的开始。无意中侧头一望，不知什么时候旁边已经站了一个人，那是我看见 F 的第一眼。F 的发型很特别，直立的短发被啫喱水梳成一缕一缕，看起来精神十足。“他跟我不是一路人!”我当时想。我不敢凝视他的双眼，回过头，以为可以忽略刚刚所见。

很巧，我们乘同一趟车，同一个卧铺车厢，并且座位相邻。旅途漫长，F 前来邀请我，同另外两位男士一起玩扑克。我跟 F 并没有说很多话，但旅程很快乐。

想你时，你在天边

分别时，我留了自己的 QQ 号，我们成了“好友”。聊天的第一句，我问：“你也喜欢杂文？”我随身携带的那本杂志《杂文选刊》，似乎很少人喜欢。但那天 F 借了去，看得很投入。

我说我喜欢水仙，水仙置于清水中即可开放，花朵并不美丽，却很独特，还有沁人的香。F 说他的爷爷刚病逝，96 岁，爷爷性格独特。我说我还喜欢兰花的幽香，它很神秘，是世界奇香。F 说他的家在海边，冬天会下雪，很冷。我说家里阳台上的水仙花开了，三天前就开了两朵。F 说：“你得送我一盆水仙，我才还书给你。”……

我们在网上聊着，不知道对方的姓名。

一个月以后，我们先后回到先前生活的城市。我在火车上曾谎称自己在平安巷的一家店卖水果，F 便去那个巷口找。有一天，我们在旁边的超市门口相遇。

想你时，你在眼前

我的日记片段：三月。心情不太好。后来看电视，听到一首歌，一个男子在自弹自唱，他不是什么明星，但有一张很有个性的脸，抱着一把吉他，唱着自己写的歌。当我被他和他的歌声感动的时候，心情就开始好起来了。觉得生活还是有意义的，毕竟还有美可以享受。

你就像是我生活中的音乐，美妙的可以感动我的音乐。和你在一起的时候，时间总是很快，心里总是很快活。可现实毕竟总是无奈和无聊的，所以我害怕，害怕伤害你，也开始害怕伤害我自己。

当我发现你是真诚的，发现你不是网络中的人而是现实生活中的，感受到你带着纯真的青春气息走在我的旁边，我就越来越不安……

四月。我站在离开的火车上，看着窗外的你。在下午明媚的阳光下，你目不转睛地望着我。我能看见你额头上的汗水，车开走了，远远地，你还在挥手。回过头来，我看见了左边小山上的那棵古树。在那棵树下，我们曾经静静地坐了两个小时。泪水，缓缓地流下，止不住。

其实好想有一个人陪着我，在一个雨天的下午，痛快地哭一场，任眼泪滑落到耳际发根，由热到凉。让眼泪清洗我心灵的创伤，还原我本来明亮的眸子。曾经问自己，到哪里去寻找这样一个人?!

终于知道，你一直在我心里，随时来陪伴我。你的名字，已经烙在了我的心里……

六月。此时我在责怪自己，当时心情不好，生闷气不理睬你。晚上我和弟弟等人去唱歌蹦迪，电话里你只说“玩高兴点”。近十二点才回来，手机欠费了，回家后你便打来了电话（座机）。早上躺在床上看书，收到一则短消息：“尊敬的中国联通用户，你是5月17日活动特等奖的获得者，终生免费使用本号！详情咨询10010。”然后手机铃响了，是你。

你送给我的百合花开了，开得很漂亮，以前我从未注意过百合花，可现在我开始喜欢它了，喜欢这种粉红色的带斑点的百合，还有一点馨香……

七月。认识半年了，我们相爱着。你很敏感，不习惯说甜蜜的话，可和你在一起我很开心。在经过感情的折腾之后，我惊讶地发现自己竟然还能爱。

这是一个纪念日，刚好认识半年。我离开了，以这样的方式来纪念，令人遗憾。我无法承受太多的压力，我不敢接受你的温柔。可夜里，梦见了你所有的好……

想你时，你在心田

F的短消息：4月。“天气预报：今夜到明天白天有点想你，预计下午转为持续想你，受延长低情绪影响，傍晚将转为大到暴想，心情由此降低五度，预计此类天气将持续到见到你为止。”“眼睁睁地看着你，却无能为力……何时才能等到你。”“夜已深，听着闹钟一秒秒地走过，数绵羊也没有用了。希望你能睡好！”

7月。“看着你离开，走在烈日下，不知是汗水还是泪水，心像是被抽了真空。真的很难过。”“窗外的雨滴是我的泪，滴答的声音是对你的呼唤，漫漫长夜无心入眠。”“感谢你走入我的生活，不知道你是不是我的永远，但你肯定是最精彩的；感谢你，让我走入你的生活，或许我不是最精彩的，但我会尽力做到最好！”“哪一天我不在了，也就不会想你了。你走的这些日子，你知道我是怎么过来的吗？思念、期盼、煎熬……”

我一直在你身边，从未走远

我们认识之前，F有女朋友，而我，也有个男友。因此，我们的交往其实充满了痛苦。一年后，我们走到了一起。

爱，或许在最初“看了一眼”时，就已来到心间。

写给 Y

有时候我特别想你，想念那段无拘无束的青春岁月。那些美好而酸涩的日子，那些一路跌跌撞撞的日子，你伴着我，给我力量，给我温馨的友谊，给我亲情般的温暖。

Y，还记得多年前那个春天的傍晚吗？你兴冲冲地来到我的宿舍，你说你要和我一起学唱一首新歌——“同桌的你”。你说你刚从单位的广播里听到这首歌，特别喜欢。我记得那张歌单是你专门从“读者文摘”上复印下来的，你说你找了很久。你很有音乐天赋，你的声音很好听，你一边学一边教我。那个晚上，我们仿佛回到了高中时代，那首很有感染力的歌让我们快乐无比。

你总是在傍晚到来。一个寒冷的冬日，你下班后来看我。你看到我无精打采、情绪低落。我轻声告诉你我两天没吃饭了，因为突然的“失恋”。我看见你着急的神情，就像我的母亲，我看到了你眼里闪着的泪花。你骑自行车带我去了你的住处。你做了花生米稀饭，我一边流着泪一边吃，那是我吃过的最可口的一次饭。吃完后我再也没有为那件事流泪。

当我再次遭遇情感变故时，我没有告诉你。我请了假，一个人独自外出旅游。途中我突然收到了你的短信，你关切地问起我的生活。那个下午，在上海的黄浦江畔，迎着徐徐的清风，我们通话一个小时。我一吐为快，我们无话不谈，你像姐姐一样关心我，安慰我。Y，你总是在我需要你的时候来到我身边。

今天上午，阳光明媚，我一个人来到公园观看菊花展览。我总是喜欢独行。鲜花的海洋和秋日的阳光，令人神清气爽，给我平静的快乐。公园今年的花展比往年丰富了不少，令我耳目一新。那棵大立菊得有几千朵花吧，那种“贯珠型”的菊花特别多，那排悬崖式的菊花像瀑布一样倾泻而下，小花密密匝匝……外面的街道上传来音乐，那声音很有穿透力：流浪的人在外想念你……冬天的风啊刮着雪花……可我并不觉得忧伤，音乐反倒令我很快乐。我想我一定是一直在微笑，所以迎面走来的那个老太婆也对我笑着，差点让我误以为是我奶奶呢！这个上午，一个美妙的上午，一切烦恼都离我而去。Y，我又一次想你，你在忙什么呢？

一个人总是要经历许多。经历了青春岁月的快乐、甜蜜和痛苦，当我们各自沉入生活深处的时候，不知不觉疏于联系。Y，我知道你肯定会在某个忙碌的间隙想起我，如我时常想你一样。

一起走过的日子

一

F当年那位女朋友的名字，今日我费劲思量半天，才总算想起来。

H，她曾经与我有过一次长达几个小时的交谈。那个上午，两个陌生女人，竟做到了推心置腹。H女士精明，却也直爽，正是从她的表述中，我知道了F的真心。那日他担心她伤害我，给她发了消息，她直接就读给我听："我们之间的事情自己解决，你不要伤害她！"她还说，之前他跟她说自己喜欢上了一个人，希望她理解……

我告诉H：我跟F只是普通朋友，交往很少，并且我已经有个待我不错的男友。其实感情的天平已经倾斜，似乎不由自主。

二

2003年4月，我到浙大参加考试，乘火车回四川。当时非典盛行，火车上有不少人戴着口罩。人们基本上不说话，广播里播放着与非典有关的新闻。回校后即传浙大一学生确诊感染了SARS病毒。应单位要求，我到医院做了体检，没症状，但需要自己在家隔离15天。

F很快就过来看我，还带来了当时难以买到的板蓝根。那些被隔离的日子，反倒留给了我轻松、快乐与温馨的记忆。

三

2005年初生子，不幸的是，儿子出生即为新生儿肺炎。小东西待在暖箱里，插着管子，两天不吃不喝，全身黑红，医生下了病危通知书。但这些都是后来听F说的。他当时只是淡淡地说儿子有点小问题，需要观察一下，而我竟然也完全相信，与那些前来看望我的同事、朋友愉快地聊天。

母亲看到他独自一人默默地流泪，看到他和父亲通话时烦躁不安，一反常态。F不顾护士的阻止，每日必见儿子。第四天，儿子一次能喝六十毫升奶的时候，他无比快乐地与我分享，才告诉了我事情的真相。

总是在想象，在那四天里，他是怎么过的。一边是刚刚做了剖腹产手术的妻子，一边是病危的新生儿子。所有的担惊受怕，他独自承受。他在怎样的绝望和恐惧中，度过了那些难捱的分分秒秒，我只能想象，想到泪流不止。

四

2006 年春，父亲病了，前来找我。一般情况下，父亲不会来城里看病。F 带父亲到医院检查，结果为腮腺炎引发急性胰腺炎。F 果断地给父亲办了入院手续。

护理倒是简单，因为这种病需要禁食。我要上班，家里还有小儿。父亲那边的事全由 F 操心。

医生说，如果父亲晚来一天，或者晚一天住院，兴许就没命了。

五

2008 年 5 月 12 日中午，我卧在沙发上看电视，先是感觉有人在摇动沙发，还以为是 F 在开玩笑，回头张望，没人，纳闷。接着看见饮水机和桶里的水也在摇晃。走上阳台，发现眼前所有的东西都在动。心里便一下子惶恐起来。

我和所有经历过的人一样，本能的深度恐慌，使我对这个日子和这天发生的事情终生难忘。

“不好了，房子要垮!”其实不知道是地震，还以为住的老房子出了问题。转身跑到卧室门口，看见 F 已经在张望了，冲他叫：“快跑，房子要倒了!”我打开房门，以最快的速度往楼下跑。多亏了平日里我坚持锻炼，不仅速度快，动作也很敏捷。在这个楼里，我是第一个冲出去的。

下楼后发现所有的房子、树、电线都在动，鬼使神差般。仍然不知道是地震。跑到一个开阔的地方，出来的人很多，看见有人只穿了内裤，才发现自己也挺好笑的：脚上只穿了袜子，手里还拿着电视遥控板。

一会儿，F 也出来了。他竟然穿戴整齐，带了钱包，也没忘记带钥匙。简单商量了一下，我去幼儿园接儿子，F 去把车开到安全处。

我肯定也是第一个到幼儿园的。看到了孩子们的生活老师，她满头的汗，眼神里还有惊慌，说话也有点语无伦次，她和 50 个孩子一起经历了一个特殊的时刻。我找到儿子，他有点还没睡醒的样子，看见我就说："妈妈，刚才飞机来了，又走了！"

接了孩子回来，跟 F 说，想回房里拿包。可 F 不许我上去，很坚决。他自己上去，取了我们需要的所有东西。他毅然地独自上楼的背影，烙在了我的记忆里。

六

很多次，心底隐约地掠过几个字：生死与共！不知道以后的人生岁月里，还会发生些什么。不管怎样，我们会一起走过。

关于幸福

那年暑假，儿子五岁，在江苏海边一个叫古坝的小镇，我们住在儿子的姑奶奶家。

虽是暑假，天气却凉飕飕的，岩儿的无袖上衣和短裤不抵早晚的寒气。走进一家叫“乐乐童装”的小店，惊讶地发现店里的衣裳价廉物美。给儿子买了两件上衣加一条九分牛仔裤，并给他的一个好朋友带了一件T恤。

此前在爷爷家被蚊子咬后，儿子的鼻子下面、手臂上、小腿上、后脑勺脖子上均有化脓性感染。那些天和新结识的小伙伴们玩得特别开心，尤其喜欢玩马路上铺的小石子——这是在家没玩过的项目。听见他曾跟姐姐说：“简直太好玩了，我从来没玩过这么好玩的!”生病或许跟玩有关系。因此在小镇上给他买了药，吃的擦的都有。还给儿子买了一把玩具小水枪。最后买了一块冰糕。

走在回姑奶奶家的小路上，迎着明媚的阳光，儿子牵着我的手，突然说：“妈妈，我觉得好幸福哦!”我心里一动，很奇怪他用了“幸福”二字，便问他为什么觉得幸福。

“因为爸爸妈妈给我买了药，买了衣服、水枪，还有最好吃的冰激凌！”

“妈妈，我知道什么是不幸福。”儿子似乎打开了思路。“比如做噩梦。”“比如心情不好，不高兴。”想了想，又补充道：“还有无聊，没有朋友耍，只能一个人看电视。”“最不幸福的事情就是没有房子住，也没有钱。”或许是想到以前同情过的流浪汉了。

见他说了这么多，我给他补充上一句：“比如爸爸妈妈吵架。”

此时，我想起小时候，有一次我的父母吵架，母亲一气之下喝了农药。那时我刚上初中，正上课的时候，听到村里人带信儿说这事。我已经记不得当时是否跟老师请了假，只记得当时就背上书包，急忙地跑往家的方向。我不记得那天下了多大的雨，但我记得那天我光着脚丫，没带任何雨具。我不记得跑了多久，但我记得我似乎是一口气跑下来的，那是10公里的泥泞不堪的山路。我不记得自己是否一边跑一边哭，不记得我凭的是什么样的信念和动力，但我记得一路上伴随自己的恐慌和绝望。回家后，看到母亲躺在床上，病弱的样子。还好，母亲还在！但我仍然很难过，很委屈。我不知道如何是好，仿佛世界塌了，母亲竟然想不要我！我一个人，躲在角落里偷偷地默默地哭，一点声音也没有的没完没了地流泪——这个细节我至今记忆犹新。

可是儿子不认可，他似乎很是惊讶于我的说法，反对说：“爸爸妈妈吵架是发火，发火不是不幸福。”

是啊，我和他爸也吵，当着儿子的面。但每次都是开玩笑般，还让儿子来评理。那时，岩儿总是不知道该偏袒谁，很为难的样子。后来大概也知道我们是假吵了，就不理我们，自己玩自己的，头也不回地说：“你们两个坏蛋不要吵了！”

“妈妈，为什么你说我幸福你就幸福？”

“因为妈妈爱你！”

是的，亲爱的宝贝，你幸福我就幸福。

笨女人，好男人

笨女人當实有些笨，体现在生活的许多细节。

她第一次给他做醪糟鸡蛋，竟然在汤里面放盐，还直说自己加的肯定是糖。她兴致一来，要自己粘鞋，却把涂字灵当成了 502 胶水。她总是记不住路，走了无数趟的那条路，真的就在第 108 次时走错了！

……

笨女人睡眠很好，只要她还没睡够，天大的事也醒不来。一次，她炖汤时忘记关火，结果煮了一晚上。半夜里他被煳味“唤”醒，起来关了火，对她说：“汤煲好了，可以喝了。”她迷迷糊糊地应声，便又睡着了。

她做菜始终不是那个味，但吃美食还行。胃口好且不说，还很能挑剔。他总说：“你真是浪费粮食，这么能吃，也不长胖！”她抬起头，看着他笑盈盈的眼。

笨女人很笨，却因此衬托出一个好男人来。

好男人对笨女人的厨艺颇为失望，有空就亲自下厨，认真地做出些美味来，几年下来，造就了他的厨艺了得。而笨女人终于明白：一、美味是用心做出来的。二、乌烟瘴气加俗气的厨房也是可以美好的。

他温柔细腻。一次她感冒了，他熬了姜汤。她看见碗里的姜被切成细细的小块，汤里还加了红糖。甜甜的姜汤带点辛辣，治疗效果极好。之后她每次着凉感冒，他都会端上一碗姜汤。

好男人聪明。有了他，家里的水电维修啥的，基本不用请人。甚至连电脑他也能自己修。似乎无论多么复杂的事情，在他那里总是变得简单。

笨女人其实还有个缺点：心浮气躁暴脾气。但总是遭遇他的宽容和沉默，她便自觉羞愧。这样的情节一遍遍地重复，她发现自己也变了。宽容大度，原来是那么美好的心态——用这样的眼光来看世界，一切皆好。

笨女人不知道生活应该是什么样。她曾经只有书本和网络，可以一日不饮不食，三日不出门。那些日子，她沉浸在自己的世界里，却也羡慕着俗世里的每个女人，她渴望自己能像她们那样，比如惦念着试过的那些漂亮衣服，甚至算计老公包里的钱……她们的生活多么真实！只有精神的生活，更多的是迷茫、困惑、边缘化，其实也是挺难过的。

好男人来了，进入她的生活。他的入世，他说的人情冷暖，她都开心地听着，快乐地看着。他曾经兴致勃勃地把一只小狗抱回家，而她之前是完全排斥任何宠物的人。可看见他对小狗那么上心，小心呵护，精心地照顾，有空还带着小狗锻炼。于是，她就有了跟这个男人生养一个儿子的念头。多年来独善其身的想法便在那一刻改变。

他们的儿子出生了。好男人陪儿子放风筝可以玩整个下午；在家他和小儿玩打仗游戏，把各种玩具想象成某种武器，再想象出那些武器的某些功能，这样的小儿游戏他也能投入……这样温馨的画面她总觉得似曾相识。

她觉得自己终于进入了真正的生活，很是快乐。

笨女人平日里喜欢锻炼，傻傻的却很健康。笨女人没有什么心计，不会掩饰自己。手机也总在书桌上，他随时可以拿到。时常，她也过精神至上的生活，看书写字。他看她买的书，读她写的文。其实她不想把自己写的文字给他看，她隐隐地害怕，怕那些文字会影响他对俗世的判断。而他，总是悠悠地看，还不忘说上一句“很好！”

笨女人知道，能够快乐地沉浸在自己的精神世界里，也是因为身后有他。不知何时，他成了她跨进俗世生活的桥梁，成了指引她生活的坚定力量。

纪念母亲

我爱人 F 的母亲已去世一年多。因我们居住的城市与老家相隔数千里，几年来我跟母亲相处的时间，加起来也不到两个月，但有关母亲的点滴记忆却始终挥之不去。

不知为何，我无法做到，像常人那样——淡忘。

一　噩耗传来

2008 年 10 月 16 日中午，F 出差回来刚跨进家门，得到母亲过世的消息。看见他放声大哭，泪水不停流下，从未如此。我的心一下子呆了，不知所措。我坐下，拉着 F 的手，陪他流泪，然后拿来毛巾，擦去他满脸的泪水。煮好的午饭没有吃，缓了一刻钟，F 去买飞机票，我到单位请假。

带着 3 岁多的儿子，凌晨 2 点离开。在飞机上，岩儿很兴奋，一个劲地朝窗外看，后来，他终于有了一个大发现："你们看呀，云朵掉到地上去了！"早上 8 点，我们还在重庆，10 点就到了上海，岩儿说："重庆和上海是挨着的！"上海机场的扶梯很长，奇怪的是岩儿一直都坐着，不是坐在上升扶梯的梯子上，就是坐在平行扶梯的梯面上。问他怎么啦，岩儿回答："你们哪里是在坐电梯！你们是站电梯嘛，我才是坐电梯呢！"岩儿乖巧可爱，F 却一路沉默，神思恍惚。

一路奔波，17 日晚 7 点到达老家。见到母亲，她已经静静地躺在棺里。水晶棺里化了妆的母亲慈祥且美，高高的额头，挺挺的鼻梁，小巧的嘴。从母亲脸上能看到 F 的影子，似乎也能看到岩儿的影子。

二 我记忆里的母亲

2004 年春节，第一次见到母亲，严重的类风湿已经使她的双手和双脚变形。我以为母亲不能自理，心里很是同情。可是，我看见她蹒跚着走路，收拾家里的废纸箱卖钱；看见她慢慢地不停歇地在厨房里做事——包括洗碗做饭，还要洗衣服，喂养家里的 10 只母鸡……海边的天气对我来说实在很冷，可年老的生着病的母亲几乎什么事情都做，家里的一切都由她操心。

2006 年春节，母亲送给岩儿一条毛线裤，她用变形的双手织成，花了大半年的时间。那时岩儿刚好一岁，也是老人家第一次见到他。裤腰的地方她串不好松紧带，母亲便拿来叫我代劳。但儿子几乎没穿过奶奶织的裤子，至今保存完好。那时岩儿正牙牙学语，把"哪个"说成"a-ding"，把"虫虫飞"说成"gong-gong-gei"。我们离开后母亲打来电话，说她耳边总是响起岩儿"gong-gong-gei"的声音。

2007 年春节，母亲坚持要求我们回家。记得我跟母亲的第一次近接触（也是唯一一次）也是在这个寒假里。那一次，我帮母亲洗了头，洗得很干净。母亲给了我一个感激的眼神，那一刻我知道自己与母亲心灵相通。后来回家时我们路过金华，看望我的两个打工在此的弟弟。回来的火车没有买到卧票，甚至没有坐票。一路艰辛，我却没有埋怨。当年 4 月，弟弟便回来加入了 F 的公司。一些事情的发生，细想来却是因为母亲。

2008 年春节我们没有回家，听父亲电话里说母亲为此哭了。

2008 年 4 月，母亲病重住院，F 飞回家照顾母亲半个月。类风湿使母亲疼痛不止，新查出的肝癌已到晚期。母亲回到镇上住院的时候，由请来的保姆和父亲照顾此后一直住院的母亲。“5 · 12” 大地震，病床上的母亲看到电视里的报道，那天下午她一直打不通我们的电话，急得直哭。8 月下旬，我们回了老家，住在家里，每天 F 都骑摩托车带我们一起去看母亲，那时母亲精力已不济，但说话还清晰有力，她告诉我们要养成岩儿说普通话的习惯。有一天我们给母亲做了藕饼带去，她甚是喜欢。那段时间母亲躺在病床上，已经无法坐起来，四肢瘦得皮包骨头，肚子却很大，因为有积水。母亲叫着“岩”，不停地叫，还伸手来够他。她的口音岩不懂。这些似乎都让他害怕，他直往后退，不管我们怎么要求，他一直都不肯开口叫奶奶，却挣脱我的手跑开了。深爱着孙子的母亲病在床上，不谙世事的岩儿却在她的视线之外开心的玩耍，嬉笑声清晰地传到她的耳朵里。

此后便是母亲病情越来越严重的消息，疾病使她便血、视线模糊、经常昏迷、说话无力，每天只能吃一点点稀饭。直到 10 月 16 日中午，父亲独自一人陪着母亲的时候，母亲说她很难受，然后永远离去了。

三 母亲的一生

母亲曾经是一位勤勉敬业的小学教师。老家的墙上至今还贴着母亲的奖状，上面写着“优秀教师”。

工作 20 多年后，母亲遇上人生最大的灾难：她的大儿子——F 的哥哥，被判入狱。没有人能料到这会给好面子要强和脆弱无助的母亲带来什么。母亲终于没能承受住打击，患上了跟内分泌有关的免疫系统疾病——类风湿，日益严重。

母亲四十余岁病退。此后，她时常梦见自己在给学生上课，梦话的内容竟是数学知识！母亲一边服药，期盼病情好转，一边操持家务，她依然是家里的主心骨。

20 多年服药的经历，使母亲的肝脏承受不起，又患上了药物性肝癌。直到母亲去世，大家都向她隐瞒了得癌症的事实，虽然她一直在做药物化疗。我一直纳闷：母亲真的不知道自己得的是癌症吗?！为什么 8 月里她把戒指给了岩儿，说是给他做 10 岁的生日礼物呢！曾多次问母亲疼不疼，母亲一直都说不疼。一个肝癌病人，晚期，真的会不疼吗?！直到病逝，母亲没有用过一针可以镇痛的吗啡。

四 F 与母亲

母亲刚患病的时候，卧床不起。那时，还在读中学的 F 只得回家，照顾母亲。母亲在病床上教他做饭做菜。等母亲好些了，F 才继续自己的人生路。

F 二十二岁时，母亲给他订了一门亲事，对方家庭条件不错，F

怕病着的母亲伤心勉强答应下来。结婚之前，F却坚决要推掉婚事，母亲很生气。一天夜晚，苦闷的F骑摩托车外出，疯狂高速飙车，结果摔裂了腰椎。倔强的F病未痊愈，离家出走。换了手机号码，一年未和母亲联系。

一年后，F试用了那个旧号码，刚开机的时候，母亲的电话就打来了！F说：那一年，不知道母亲打过多少个电话！

从此，F每周星期天都要给母亲打电话，雷打不动的惯例。

母亲的坚持温暖了一颗游子的心。有了母爱，即使冰山也会消融。

五　安葬

母亲走了，10分钟就化成了灰，灰的重量不过一两斤。哥哥抱着母亲的骨灰离开火葬场，嘴里喃喃地小声说着："妈妈，回家了！妈妈，回家了！"

火化以后，还要下葬。在屋后的祖坟地里，挖了一个长方体的坑。按着习俗，哥哥和F跳下去，沿着坑的四边慢走一圈，似乎要让俩儿子体验母亲死后的新生活。然后装着母亲骨灰的棺材被平稳地放进坑里，那里便成了母亲永远的归宿地。

六　母亲，一路走好！

父亲与母亲相伴一生，不离不弃；在母亲下葬那两天，一生开朗的父亲几乎颗粒未尽。三岁的岩儿拿着F的手机玩音乐，恰有一首忧伤的歌曲"有一种爱叫做放手"，音乐的声音很大。回头望见父亲的脸，那一刹那我第一次真正懂了一个词——老泪纵横。那情景让岩儿迷惑，却让我心动。

经过奶奶的葬礼，岩儿似乎有点明白什么是“死”了。那几天他总说：“爸爸妈妈，我不要你们老！不要你们死！”

这一年，母亲66周岁。F永远失去了他的妈妈，岩儿也永远失去了爱他的奶奶。我失去了我的爱人和儿子失去的一切，还失去了一位勤俭、贤惠、善良的母亲。

很多时候，我想，母亲是这个世界上，除了我父母之外，我最应该感谢的人。

记 2010 同学聚会

晚会进行到一半，雨悄然而至。本以为它只是稍事打扰，可直到浇灭了晚会的篝火，它依然没有停下。每个人都意犹未尽，因为激情和希望已经点燃。

在这个雨夜，我的心又回到自己的心里。平日忙于俗事琐事的我，竟然体会到了花季雨季的浪漫。于是记下这些文字。

一　“我不记得了”

当年，是校长您推荐我为市级“三好学生”，高考加十分，我被本科录取；你还曾经为了保护我，不惜要开除另外一位学生。那天见到你，头发花白，身材似乎也不如从前高大，我雀跃般跑到你面前，报上名字，问你是否还记得我。满以为你会说“记得”，可你打量思索了一番，说：“我不记得了！”如今，许多人施惠于人，是求回报的，尤其不会忘记自己的功德。这一句“不记得了”让我惊讶、感动和感慨。

还记得L老师拿着棍子赶我们去跑步，时间是下午第三、四节课。后来，大学体育老师告诉我们：最佳的锻炼时间是下午三点以后。后来坚持锻炼成了我的生活习惯，于是我收获健康，甚至成了我大学毕业时得以留校的一个原因——出色的体育成绩和比赛名次。您纯朴自然，很少主动和学生联系，但您在思考每一个细节每一个人，您说起我的父亲：“他尊敬该尊敬的人，感谢该感谢的人。你要好好报答他！”当年的父爱，点点滴滴，便浮现出来……

H老师，您给予我们更多的精神指引，那恰是我们那个年龄所渴望的。您说：“早知道你们这样有出息，我当年应该更加努力。”老师啊，您可知道，如果我们不够好，那早已经不是因为您！

J老师，您可知道，您的声音优美动听，您的气质高雅大方，是女生们努力的方向，是男生们生活中参比的标准。那天您说：“你们每一个人都是我的骄傲，我为你们自豪……”您的话音未落，我侧脸望去，身旁的同学已经泪盈满眶。我想，在那个下午，一定还有人感动落泪。

时隔20年，在我心里，老师们依然高大、严肃。聚会的时候，我依然不敢靠近，不敢和老师合张影，不敢随意地说话。望着老师们头上的白发，心想不知道有多少是为我们而长。

感恩各位老师，感谢您们引领我们成长！

二 如今的你

L，你留给我的记忆已经有些模糊。如今的你，大气、幽默、忘我、感恩。你请我们小聚，你的语气温柔、执着、诚恳，让人不忍心拒绝你。我一直在注意你，你基本没怎么吃，就一桌一桌找同学聊天喝酒，激动无比，情绪高昂，哪是当年腼腆无语的你。

还有H。记得你不仅口若悬河，还出口成章，让我们从县城到中学的长路上没有无聊和寂寞。还记得我们三人在湖边扔石子打水漂，度过了整个下午。还记得你唱过的歌："妈妈和爸爸商量过，小宝贝，小太阳……"还记得你给我的留言，满是希望和嘱咐。终于见到你的张扬，那么亲切。"罚款!"那是你的工作，你说你是民工头；"把生命进行到底"，那是你的精神；你说你不会跳舞，但你懂得旋律。

M，你曾经是我的同桌，班主任L老师最牵挂的人。那天L老师特意让我跟你合影，穿着高跟鞋的我，垂着手刚好搭在你的肩上。刘老师说曾经很害怕你分数上线，因为那时的高校不会接受一个残疾人。但你聪明过人，如今做电器维修，技术不错，生活也不差。你能来，好开心！没有人能忽视你的平和、坦荡和从容。

Y，那个当年"调皮捣蛋"的学生，如今成了一个婚庆公司的经理。听到你主持节目时，我被你说出的每一个贴切的用词和语句吸引，你说出的每一个音节都恰到好处，连叹息和停顿也能传达许多意味。这个男子一定是个性情中人，敏感而细腻。听着，我就觉得你是一个艺术家，你用声音传达情感，用语言展示智慧。

Z，读书时我们交流很少，今天才发现我们如此相投。手机轻轻一点，我走进了你的空间。这是一个如此美妙的世界，让我流连忘返。优美的文字打动了我。文字后面的那个人，一定聪慧、善良，有着最美的容颜。你俏皮可爱。"我偷偷地红了脸，她看不见。""连那人的脸都不敢看，何况眼睛。"……没有一颗纯洁的心，怎么能写出这样的文字！你广博，随意引用，信手拈来。你一定有一个大书橱，里面装满了书。你一定有许多朋友，亲人一定围绕在你身边。你那颗敏感细致的心啊，一定早就有了停泊的港湾。

我想起一句话：我们每个人都有自己的使命，我们要发现它，完成它。

三 天生一对好朋友

那时候，我们的成绩总是名列一、二。我们从来不嫉妒对方，我文科好，你理科好，刚好互补，相互帮助，于是我们的成绩更好，气得那些男生跳脚。我们曾经挤睡一张床，我们曾经一起看男生们写来的情书。最后一个学期你离开了，我不习惯没有彼此的生活，结果我们的成绩都下降了很多。

第一次看到你的妈妈时，我脱口就叫“妈妈”。我为了给你的表妹代考，离校出走，结果让老师和我爸急得要命。我去约会时带上你，感觉特别安全。你为了我，竟然还扇一个男生一耳光……

今天，我们拥着 L 老师的胳臂照相，如左右二将。但那时候我们总是一起让 L 老师生气。20 年前，我们秋游时爬上山顶高高的铁塔，L 老师在下面挥舞手势，叫我们下去，我们一起装作没听见。是的，我们爬得太高了没听见，但其实看得很清楚。后来我也当了老师，才知道彼时 L 老师该多么着急！20 年后的今晚，我们又一起溜了，为了另外一件小事。

我们在一起时形影不离，我们不在一起时也从未分开。

四 他们是情侣

其一，Q 的脸，平静时一点皱纹都没有，笑起来的时候纹路却很清晰。我想，她一定笑着走过了 20 年。T，当年的俊朗少年，如今，呈现给我们一张操劳的脸，但多了一份成熟和自信。Q 的头发依然那么浓密，T 的头发却日渐稀疏。

我是这样猜T的心思："即使你不干任何家务，不操一点心，即使你没心没肺……只要你在我身边，就已经足够。"于是本该长在Q脸上的纹，长在了T的脸上。

头两年两人被股市欺骗了一把，却没有为此吵过一句，反而是贴心安慰。

其二，暑假里和Z聊天，看到他的网名叫"TT"，纳闷许久。这次见到Z和"TT"在一起，他们从容自得，配合默契，眼里话里全是幸福。

五　我睁大了眼睛

这两天，我睁大了眼睛想把每个人看得更清楚，你的每句话每个动作都刻在了我的心里。你的记忆里有我，也许那是早已被我忘却的细节：你记得我曾经的回眸一望，记得我用手绢裹住生冻疮的手，记得我们一起跑步时寻找掉落的手表。而我的记忆深处，有老师带我们跑步时敲打用的黄荆条，有你在球场上那潇洒的跳跃；记得你写的字有苍劲的美，你穿着高帮靴跳舞的那首歌曲《采蘑菇的小姑娘》时常回荡在我耳边。那一刻，我觉得我就是你的眼睛，你就是我开启我青春年少时记忆大门的锁。

我们曾经呼吸同样的空气，分享同样的春花夏雨。我们一起走过人生中最美好的时光，那是我们的花季雨季，是我们情窦初开的季节……

记下我的发言："当年的我，比起很多同学来，其实更笨更傻一些，所以我更多地感受到了老师的关爱。谢谢老师们的教育之恩！昨晚我辗转难眠，一张张熟悉又陌生的面孔浮现在眼前，我们的过去和现在交织在了一起。我想，无论我们拥有多少财富，拥有什么样的社会地位，请不要忘记，我们是昔日一起长大的兄弟姐妹！”

我知道，我还没有表达尽兴。

难忘的2010，我们从青春年少走来，我们以青春的名义相聚，我们以青春的姿态相会。你的容颜早已不是当年的样子，可你的笑容依然那么迷人，那么真诚，那么令我欣喜。我们彻夜长谈，我沐浴着你温暖的目光，感受着你深切的关怀；我为你的心酸而难过，你为我的痛苦而哭泣。即使生活欺骗了我，即使它已经千疮百孔，这一刻我依然幸福，因为有你。

家有毕业生

幼儿园里的栀子花又开了，四处弥漫了芳香。四年来每日接送儿子，如今他即将毕业。不知6岁的孩子有何感想，我却有些不舍。不舍这馨香的花；不舍它旁边的风雨操场；不舍那天籁般的旋律，让人沉醉，让心纯净：天上的星星流泪，地上的玫瑰枯萎……

四年来的点点滴滴，恍如昨日。

2007年9月3日，岩儿第一天上幼儿园。他不想去，我就说妈妈和你一起去。在幼儿园外他就看到一些玩耍的设施，有点想去玩。看到教室里也有玩具，就跟着我进去了。随后我跟他说："妈妈走了，中午来接你。"他警觉地站起来，拉住我的裙子，说："妈妈，你去哪里嘛？"欲哭。我离开，蒲老师把他拉住。我听不到儿子哭的声音，因为它淹没在一片哭声里。

接下来的一周，上学路上儿子说幼儿园玩具比家里多，到幼儿园时也没哭。见到陈老师时似乎想笑，但笑得不正常，嘴里说着"妈妈早点来接我"，带着哭音。

2007年12月，给老师的留言：岩儿不愿意上幼儿园的时候，又哭又闹，每次送他都感觉心里空空的，有时还鼻子酸酸的。现在他能自愿上幼儿园，这似乎是我们最开心的事情了，工作起来都很有精神。谢谢老师们，你们辛苦和耐心的工作成了我们家长的后盾，你们是可爱可敬的撒播阳光的人！

2008 年 9 月，开学第二天，岩儿和希希一起玩，那个开心啊！这几天，他和希希通了两次电话，每次都十几分钟，不愿挂断。小孩子打电话，没什么内容，就是大叫对方的名字，和对方一起笑，偶尔也聊点内容。希希每天去得早些，就张望着等岩，岩一去希希就给他端凳子。起先老师没安排他们坐一起，可后来他们的座位就一直没有分开。

2009 年 4 月，岩儿因病两周没上学，今天到幼儿园的时候，希希已经在了。希希看到岩儿去了，就跑过来拉他的手。我离开，躲在那排栀子花后面。岩儿站着，哭着脸，一动不动。希希离开了，一会儿又回来，拉他，拥抱他，和他说话。希希再次离开，不一会儿又回来牵他的手。走出幼儿园大门的时候，我想起了岩写在墙上的两个字“岩希”，他把这两个字写在墙上，并框在一个正方形里面。(补记：希希离开后，岩自己结识了一个在幼儿园形影不离的好朋友，叫俊西)

2009 年 12 月，睡觉之前，儿子问题不断：“圣诞老人给我们送礼物，怎么放在袜子里嘛，袜子太小了！圣诞老人怎么送那么小的礼物啊?”“妈妈，我们家没有烟囱，圣诞老人怎么进得来嘛?!”我应付他说圣诞老人可以从窗户进来，他马上说：“可是我们家有防护栏，圣诞老人进不来！”一副欲哭的样子。他爸爸安慰他说圣诞老人可以从厨房的窗户进来，岩儿想了想，说：“厨房的窗户太小了！”急得又要哭了！我告诉他烟囱只有我们家厨房窗户一半大呢，还用手比画了烟囱的大小。

儿子总算放心了，躺下睡觉。老师一定给孩子们讲了一个生动的圣诞老人的故事。

2010 年 1 月，下午，阳光明媚，岩爸开车带岩儿到江边放风筝。放了三圈线，风筝很高。岩儿着急了，说："太阳把风筝烧化了怎么办?!"晚上，他自言自语："我有米花糖吃，有妈妈讲故事，有爸爸买玩具，好美好哦！好幸福哦!"

2011 年 3 月，带岩儿和几个朋友一起吃晚饭。近尾声时，他突然说"妈妈，我还想吃点有甜味的东西!"我说这里没有这样的东西，他扭捏了好一会儿，补充道："带薄荷味的也可以!"这下终于让妈妈懂了，原来餐桌边有朋友放的一瓶薄荷糖!

他没有直接说："我要吃薄荷糖。"儿子天生敏感，自尊心强。

2011 年 5 月，这是毕业前的一个月。一天刚从教室出来，岩儿极度兴奋的样子，说："妈妈，你今天要表扬我!"然后补充："妈妈，我这么说是有根据的!"他快速地翻开书包，在一本书的 23 页和另一本书的 18 页，书刚被他拿出来两个 100 分就进入了我的眼帘。

他用了一个新词"根据"；放学前他已经把书翻好并放在了最外面，很用心；成绩让他欢天喜地。

一路上有你

西昌于我，最大的意义，是 Q 和 Z 曾经在这里生活了三年。

她们是我的高中同学，一生的好友。多年来，我们在各自的轨道上，面对生活的坎坷，迎送风雨，在俗世生活中彼此守望和安慰。似乎她们一直在我身边，纯朴而真诚。有时候，我觉得她们就是另外一个我。

因为她们，我眼里的西昌更加美丽，更为亲切。路过盐源，想起此生吃的第一个苹果，是 Q 从西昌带回来给我的，那是一个翻越了泥巴山的苹果。如今高速行程九个小时，那时候怕是得奔波两天吧。没有高速，路途何其遥远。

与 M 在邛海边的“阿斯牛牛”相聚，餐厅掩映在幽静的竹林间。她是我的学生，一个美丽的彝族姑娘。她说“阿斯牛牛”的意思是“我们家的小女儿”。餐厅的驻唱歌手前来献歌：“远方的贵宾，四方的朋友，我们不常聚，难有相见时。彝家有传统，待客先用酒，彝乡多美酒，美酒敬宾朋。”先用彝族语唱，再是汉语。那一刻，2007 年毕业聚餐时，M 用彝族语唱敬酒歌的场景浮现。那个身材单薄的彝族姑娘，真挚的歌声，恍若昨日。此刻，心中便有了叠加的感动，不由得热泪盈眶。

泸沽湖边达祖村有一个小酒吧，是一对年轻情侣开的。男孩唱歌，自己弹吉他伴奏，女孩端茶倒酒。酒吧的生意很冷清，当晚的顾客仅一个年轻女孩。我停留在酒吧外边，听着一首“成都”。旁边一个戴眼镜的陕西小伙子也在“蹭”歌，他说很喜欢这首歌，为此还专门去成都探寻歌曲中提到的玉林路。没想到玉林路其实有些脏乱，他微笑着说。

我在海螺沟的时候，W 刚好在遵义。她是我的大学室友、每天一起锻炼的伙伴兼闺蜜。我给她留言：你行走在我去过的地方，我停留在你看过的风景里。其实心里还有一句：于是，那一刻，我更加想念你。

旅行的美好，不只是风景，更在于人。同行的人，邂逅的人，住在心里的人。

写在教师节前

离教师节只有四天了，这个节日对我而言，并无多大意义。只是，当它来临之际，我又要当班主任了。

工作 17 年，我曾经带过的唯一班级于 2007 年毕业，其间 2005 年初儿子出生。后面的两年，我对学生们的关注少了些，心里为此一直深感愧疚，直至如今。

但学生们对我的爱丝毫未减。2007 年的那个教师节，我收到了无数的手机短信，大多数是我刚毕业的学生们发来的。我都逐一回谢了，直到大拇指的指甲有些生疼。我也逐一给我的中学老师到研究生导师发了消息或邮件。

那时，我以为我再也不会当班主任了。那年的暑假，我的本命年生日，我买了一件水红的吊带上衣，看到镜子里的自己似乎依然年轻，心很平静，曾经沧海，更看重了自己内心的向往。我将有更多的时间留给儿子。

正是那个暑假，我的小学老师突然辞世，仅仅 60 岁刚好办了退休手续。听到这个消息的时候我情不自禁大哭了一场。我做得如此不好！竟然还没有当面跟老师说过一句感谢的话。愧疚到胸闷，后悔之情难以言表。

一晃三年已过。日子本来是很忙碌的，仅就一个上幼儿园的小儿，已经让我招架不住。因为总也做不了自己的事情，心里有些急躁。可是领导叫我当班主任的时候，我还是应下了。心里似乎有预感，我知道，这是缘分，和一群比我年轻许多的学生们的缘分。

如今，已经推掉一门很占时间的课程。叫爱人在我忙之前出完近期的差。我在准备，心里的和事务的。

写到这里，侧头望窗外，天已经晴了，许多天的雨终于停了，还有些阳光洒在对面楼那些盆花和外墙上。老天也许知道，明天是一个新的开始。

明天，我将见到他们，我盼望着的学生们。

多么希望

这几天，坚持“疑假从无”的原则，请病假的同学多数获得同意。当发现我们的温和与尊重已经被部分同学利用时，我们后悔且焦急。今天，面对“伤病团”10余人组织纪律欠缺的状况，商议之下我们采取了相应措施。结果几位同学说明天就要归队参加训练。连长的眼睛扫不完每一个角落，指导员的心思斗不过你们花样繁多的对策。多么希望你们能自律，自己严格要求自己。

几位同学的家长给我打电话，说要帮儿子或女儿请假，这事让我觉得很奇怪。后来发现，其他的班主任也收到过类似电话。自己的事情，而且是自己完全可以处理的事情，你们却搬来了家长。多么希望你们明白：你们已经成人，得学会自己飞翔，不应该遇到一点问题，就到父母的羽翼下去寻找温暖。

训练场上，一位女生突然哭着跑下来。你说你有点感冒，上午一直坚持，下午受不住了，可是请假时连长骂你了，他说你可以坚持却想偷懒。委屈的泪水不断地从你的大眼睛里涌出。大概你是个爱哭鼻子的宝贝女儿，有同学说你先前给父母打电话时，也是一直伤心地哭。多么希望你们坚强、坚持。不要小看了自己的潜力，相信自己！你们有足够的理由自信，因为你们年轻，很年轻。

今天，521的内务被扣分了，连长按照制定的规则惩罚，寝室的每个人跑六圈，2400米。你们微笑着出发，似乎不以为然。古人曾说：“一屋不扫，何以扫天下。”或许这话在你们看来老土。可是，养成爱劳动讲卫生的好习惯，却是必需的。

多么希望你们懂得——这些简单的道理，并且身体力行。

终有一天，你们会因此受益无穷。

写给32连全体同学

五天来，烈日高温。看着你们立正稍息、蹲下起立、齐步走一二一，英姿飒爽。汗水不停地从你们青春的脸颊淌下，晕倒、受伤、中暑和感冒的同学累计二十余人。目睹你们的辛苦坚持，令人难免心疼。

看了你们的登记表，多数同学来自农村。在这个秋收的季节，不由得想到你们的父母。

或许他们刚刚收完田里的稻谷，或许还有的正在抢收中。多好的天气啊！

他们不仅要顶着烈日重复挥镰弯腰侧身，还要负重前行。辛苦程度远远超过你们。挥汗如雨的收获，他们会感到欣慰。就像你们终于长大了，还考上大学了，他们一定长长地舒了一口气。

你们是他们最大的收获。

如今，你们在这里磨炼意志，接受军训的洗礼。男孩子们即将变成男子汉，女孩子们也将不再是温室里的花朵。身心经过锤炼，你们将不再是普通的男孩女孩。

经历了就是经历了，许多发生过的事情会刻在你们的记忆里，不容自己删除。

严以律己，宽以待人，积极进取，勇于担当……

希望军训成为你们大学生活的良好开端，也成为你们青春记忆里美好的一页！

"5·25" 主题班会

——写给63位同学

今天的班会，部分同学没来，但我希望他们看到。我不是心理学专家，但我有比你们丰富的人生，供年轻的你们参考。这是我记下这篇文字的原因。

我爱我。有同学说是东西方文化不一样，其实我想只是教育不一样。小时候老师教育我们要先爱国家和他人；而西方人的教育是先爱自己，追求快乐人生。其实我们的先祖文化已经追求爱自己的境界了，于丹的《庄子心得》里讲，庄子追求身心和谐，追随自己的内心。这就是说一个人首先要爱自己。

先爱自己，才能爱他人、爱社会。

如何学会爱自己，悦纳自己：

一、找自己的优点。比如我的大眼睛，别人说很美，说没见过这么漂亮的眼睛。我发现确实还可以，然后更进一步，我发现我的眼神里还有内在美：善良、宽容、正直。有时候还可以拿自己的优点跟别人比，然后看清自己，不断努力，做到最好。于是你会深度地爱上自己。

二、不自卑。因为天时地利等原因，可能我在某些方面比别人差，但我尽力了，就不该有心理负担。记住我说过的话：“我不干坏事就已经比很多人好了！何况我还在努力生活。”

三、阅读和音乐可以帮助你。遇到事情的时候，心情不好的时候，去阅读，去倾听音乐，皆可好转。一个人把阅读作为习惯，不远游也可以见多识广，就会心怀博大。

在我看来，热闹的世间，最大的幸福是偶有机会排除凡俗，一个人静心下来，品一杯热茶，沉浸在自己喜欢的书里。

四、要有内心的定力。自己的情绪不要被别人左右。这个世界上有很多美好的东西，需要很多时间去体验和感受，怕是在我们失去视力和智力之前时间都不够，我怎会害怕寂寞！相信自己，只要不断努力，就会做得越来越好！当一个人真正自信了，就不怕别人的不理睬、不理解，也会宽容别人对自己的“不良”态度。

五、生活中有很多压力，谁都一样，我们需要做的，是着手去解决问题。在解决的过程中，心情就会慢慢轻松。机会总是留给有准备的人，于是我们有了希望。有了希望的引领，我们快乐前行。

六、即便是一时犯了错误，也不必一味谴责自己，只要我们马上改正，从今面朝大海。很多问题并没有我们想象的那样严重；别人的眼光并不总是集中在你身上。西方文化里讲犯罪的人也是因为有犯罪的土壤，是社会对他的关爱还不够。学会宽恕，宽恕别人，善待自己。

有句话很流行：世间熙熙，皆为利来，世间攘攘，皆为利往。在我看来此言人目光不够远。从历史的长河来看，世间熙熙，皆为爱来，世间攘攘，皆为情往。这里的爱和情不是单指“爱情”。弹指一挥间的短暂人生，意义在于心中有爱。

亲爱的同学们，不要以为我总是笑对你们，就是对你们没有要求，只是我不喜欢板着面孔说教。我十分盼望你们不断提高自己，努力活出精彩。看到越来越多同学的画贴在画室的墙上，我很开心！上次看到班上一群男生去打篮球，我很宽慰！看到你们之间的友谊、你们青春的脸上洋溢着希望，我很开心！

努力做到最好，就是你们在爱自己。

六十三个圈

一

2003 年，我第一次当班主任，那时的我，精力无比充沛，心里充斥着浪漫和激情。从军训开始，我陪着他们走过四年，是师生，似朋友。时隔多年，依然记得那些场景和思绪。全班快乐的西山之游，女生 221 寝室合演的保留小品，班级获得篮球赛冠军时姑娘小伙们的欢呼雀跃，跳藏舞的那个篝火晚会，女生 M 的曼妙舞姿……

2005 年，我初为人母。我的宝贝出生，学生们竟很是兴奋。他们专门做了一个纪念册，每个人都写上祝福的话，真切而美好，还留下了自己的所有联系方式，包括 QQ 号码。如今，我把这个纪念册和家庭相册放在一起。

彼时，我的一个好朋友，怀孕生子跟我前后相差两个月，得了产后轻度抑郁症。后来她问我为什么当年没有“抑郁”。我答：我需要以身作则，引领年轻的学生成长，怎敢抑郁？学生们给我的温暖甚多，我无比欣慰，怎能抑郁?!

次年我参加了学校组织的长跑比赛，学生们为我大喊加油，看见冲在最前面的我，他们激动无比。

毕业就餐的情景，仿佛还在眼前，场面很感人。那个晚上，大家都到了，吃饭喝酒。到后来，学生们哭成一团，女生们有的拉我，有的抱我。我忍着，却只能跟她们一起流泪。男生们一个个来敬酒，还附带唱敬酒歌，用藏族的、彝族的、羌族的语言。我听不懂歌词，但知道旋律很美，知道他们唱得很虔诚。还有两个男生跪下敬酒，说是他们民族的习惯。那晚，我第一次喝了很多酒，也第一次醉酒。

我只给了他们一点点关心，他们就给了我这许多爱。

本来一直盘算着想给他们开最后一次班会，叮嘱的话语应该说一说，内容已经在心里叨念了数遍，全是肺腑之言和殷切希望。可最终没有，因为害怕自己忍不住落泪。我知道学生们离校的日子，却没有去送行，也是因为这个原因。在心里，我跟他们道别，我的四十八个学生朋友。

二

2010 年，我再一次当班主任。最刻骨铭心的是 2011 年 5 月的一次班级 QQ 群聊。

那是在一次“我爱我”主题班会之后，我把班会内容精心总结加工成一篇千余字散文，旨在鼓励年轻的学生们自信自爱，以及如何做到爱自己。文章发到群共享里后，反响不错，有几个学生，激动留言。次日我带学生到公园，组织了一场活动，在趣味心理学游戏中，大家近距离接触和交流，气氛融洽，前所未有。最后我给他们出了一个课外游戏题：解“海盗结”。

群聊在活动结束后的那天中午进行。

樊：怎能挣脱这个结呢？似乎根本就无解。

蔓：能，肯定能。从理论上讲，用的是拓扑学理论。不过有时候我们可以不管理论，直接实践就可以了。

王：就是，实践是真理。

樊：邓爷爷说的。

蔓：邓爷爷说的黑猫白猫，就是实践为大的道理。后来，有首歌，说老人家在某个地方画了一个圈，成就了一个神话。

张：老师也在我们班上画了六十三个圈。

蔓：那每个人都可以成就神话。

群聊在继续进行着，很是热闹。我停住了，心里咯噔一下，六十三个圈！他一定是仔细阅读了那篇班会总结！他是何等情商！他一定会很有出息……

开启心智，把期望、激励和梦想扎根在他们心里，试着画一个圈。

三

L是我的一个学生，书卷气，喜欢阅读和思考。不知从什么时候开始，我们成了知心朋友。沟通方式很特别。第一次我收到他发给我的QQ消息，接二连三，共十一条，一股脑地倾诉。

那年，父亲去世，我遭受了人生中最大的打击。每一天都有同一个心理背景——痛苦。每当苦痛来袭的时候，我只能本能地轻轻摇一摇头，转移注意力。日子就这么过，还是得过下去。路似乎还很漫长。

半年后，L发给我一封信，一封长长的信。文档里设了密码。写信的时间竟然是六个月前。有几句话令我潸然泪下：这也许是您人生中最伤心的事吧！如果现实过分残忍，那么我们就顺其自然吧！我祈愿老师您坚强、顺利地度过这个困难的时期！我记得以前曾跟您说过这样的话：我跟许多人一样，对您充满敬意。是的，我跟许多人一样，热爱老师您！如果我们知道老师您不开心，那么我们也会不开心。等这一切都过去了，望您还是以前的那个老师，对生活充满信心，对生活充满激情。

我就习惯这痛吧，然后在苦痛中，寻找一点光亮。

他已经给我了光亮。

四

幸福是什么？幸福是一种感觉，它关乎灵魂，它来自爱。身为一名教师，我拥有了一份以爱为主题的职业。爱带来深入骨髓的甜蜜，爱散发来自灵魂的芬芳。这香甜便萦绕成了幸福。

四十八杯酒、六十三个圈、十一条消息、满含泪花的那个拥抱、离别时你不舍的眼神……谢谢你们，给予我的——满满的幸福。

因为爱，所以爱

第一次回 F 老家，跟在他屁股后面，东张西望，一切皆陌生而新奇。

早上，被一种奇怪的声音吵醒，问 F：“谁啊？谁家的摩托车，总是发动不起来，却还在一次一次地发动啊！”想着 F 是骑兼修摩托车的高手，就叫他去帮忙。F 却说没有听到摩托车的声音。跟他说了半天，总算明白。原来确实不是摩托车在没完没了地发动，而是海风。海风在平原上吹过，碰上障碍物，如房子、电线杆、树，便发出那种奇怪的嚣叫声了。

起床，海风吹在脸上，有“刀割”的感觉，这是以前只能在书上看到的比喻。这里的人不习惯取暖，他们似乎不怕冷，或许根本不觉得冷。在心底把它和四川盆地的温暖和平静比较。零下十度，冷，无边无际的冷，四川的冬季多么好啊！“F，我冷！”说着，眼泪就流了出来，却又不好意思地笑了。于是，笑着，流泪。后来回家讲给朋友听，说我被“冷哭了”，她们怎么也不相信。跟 F 说不想跟他回去了，其实心里明白，只不过嘴里说说而已。那冷冷的天，和 F

一起堆雪人，在大片飞舞的雪花里奔跑和照相的情景历历在目，却也是我向往的。

这里的水可真多啊，到处是运河、沟渠、水塘，随处可见到大大小小的桥。河里有船，塘里有蟹、虾、鱼、蚌。芦苇总是在水边生长，长长地叶片似女人细长的手臂，那绿茎如高挑的身子，在秋风中翩翩起舞，听凭风的召唤。一阵阵凉爽的风扑面而来，心似乎也随着苇叶在摇荡，起起伏伏。

冬日里竟然见到一群鸭子从河面游来，但那摇摇摆摆、一步一摔的笨拙样子，让我觉得好奇怪。仔细看来，原来河上结冰了，鸭们是在光滑的冰上行走。

满眼的平川，住房规则地排成一行行，耕地也连接成一片。放眼望去，没有山，甚至没有小丘遮挡眼睛，远处是白茫茫一片。咦！没有石头？怎么会没有石头！到处去找，田边没有，土里没有，近处没有，更远处也没有。从小在山里长大，与石头为伴的我，实在不甘心。田野里怎么会找不到石头呢?！找了几天下来，真的找不到，哪怕是土里的一个小石砾。

惊诧，思量。海边的冲积平原，汇聚了江河上游的泥沙，沉了很多，积了太久，所以只有厚厚的土层。岩石，恐怕要在很深的地下才有。后来F的母亲下葬，挖了2米深的坑，全是沙壤，没有石头的踪影。哥哥家铺地板用的碎石，据说是从江那边买回来的，价格不菲。或许这些沙，来自于我老家的山上。或许我玩过那把泥被雨水冲刷后，被带到F家的田地里，曾经滋养了一颗他爱吃的小白菜。这样想着，不禁哑然失笑。

这个土里没有石子的地方，因为它是F的老家，也成了我喜爱的家乡——可爱的、有趣的地方。

海边的人家，吃海味多过猪肉，是我从未体验过的生活。不知不觉，竟爱上了海味。螃蟹、文蛤算是普通的。蛏汤的美味，鳗鱼的滑嫩清香。蛏鼻子做的咸菜，太好吃了，记忆里一直放不下。F做的醉虾，我周围的朋友基本都不敢吃，而我却很喜欢，从来不过敏，也从不闹肚子。心想，或许我上辈子是生在海边的。喜欢上了海味，回到四川，总觉得平日的生活里欠缺什么。

海边的荠菜，因为寒冷，叶片红红的，在沸水里一过就绿油油的了。小白菜是脆嫩的，后来带种子回来种，就不是那个样了。“枳在淮南为橘，在淮北为枳。”原来小白菜在四川是普通女子，在海边却是仙女。F老家的黄桃，样子很难看，却比市场上时尚的水蜜桃好吃很多。我快乐地告诉朋友：“我从来没吃过那么美味的桃！”

后来，发现自己其实喜欢F做的所有菜：炒鸡蛋凉拌黄瓜。先把鸡蛋做成蛋皮，切成小块；黄瓜削皮，切成片，用盐和大蒜盐渍十分钟。把黄瓜和鸡蛋混合，加醋、白糖、味精拌匀即可。颜色好看，让人食欲顿生。还有清蒸鱼、红烧肉、炒鱿鱼……我们或许可以写一本家传美食大全。

因为爱，便爱上与他有关的一切，快乐地接纳他的所有。

和他在一起的时候，时间总是很快。起初，他租住的小屋没有厕所，也不以为然。当他入睡的时候，喜欢听他的呼吸和鼾声；他很容易惊醒，看着他熟睡便很快乐。他出差了，等待也是美好的，清净、思念、期盼。工作任务重，有些累，有了他，就感觉很踏实……

总想为他做点什么。买菜挑他爱吃的，买他喜欢的报纸杂志……前年，从老家买回四株黄桃树苗，栽种在园子里，如今已经挂果。

忆嫂子

嫂子2012年6月10日去世，下午。嫂子离世，我的生活却很入世。那日我正在改高考试卷，忙碌且投入，之前上很多课，兼改教材的书稿，一直忙着。

嫂子是痛苦地死去的。当然不一定是恶人才有此下场，其实谁能保证彼时自己就能安详地闭上眼睛。却似乎为她松了一口气。大概此前半个月，老爸打电话说嫂子不行了，医院不收她，她浑身痒疼，皮肤全部溃烂，无法找到输液的血管。这段时间是半个月吗？或许是一个月，我已不能清晰地记得。时间于我很快，于嫂子肯定很慢。

刚好5月的《散文》里，有篇文章叫“如果”：如果可以，我可以不生子，可以不结婚，甚至可以不活。不活！理由还如此充分！这篇文章让我思量很久。不活又何妨。

嫂子比我大不了几岁，去世时本为壮年。嫂子、哥哥和侄女，是一个幸福的三口之家。嫂子很勤劳，家里家外收拾得干干净净，院子里总是晾着洗好的衣物，地里的活她也干得熟练利落。

初为妯娌时，嫂子对我很友善，是愿意建立一种亲切关系的。那次，嫂子陪我挖荠菜，她动作麻利，很快就挖了一大篮子。我们一边挖荠菜一边聊天，嫂子用普通话跟我交流，大概比较费力。一切似乎是一个美好的开端。

我曾经想给嫂子买件礼物。我想买一条鹅黄底色的大丝巾，甚至想好了她围上的样子：丰满富态的嫂子，会多一份温柔雅致。F说不用，我未坚持。后来母亲去世，收了不少礼金，嫂子说不应该分给常年在外的F（准确地说应该是F和我）。他们三人用我不懂的苏北方言争论此事，嫂子似乎很决绝。

我一言未发，转而离开，内心惶惶而难过。其实嫂子的入世是我有些羡慕的，我知道自己做不到这样，为自己争，理直气壮，理所当然。或许，这样的生活踏实。

母亲死后一年，嫂子生病，体细胞淋巴瘤。我跟F说得资助哥哥一些，多给无妨。F说："钱也救不了命！"当年的裂隙犹在。

那个美好的开端，戛然而止，再也不会有时间来发展。

得知嫂子去世的那一刻，我心一沉，又想起那条虚无又真实的丝巾，鹅黄底色的。

2013年2月5日，回到F的老家。哥哥再婚了。新嫂子跟嫂子远看竟有些像，身材和发型类似。次日发现厨房和饭厅没来得及打扫，床上的被子未叠。客厅里放着嫂子的遗像，看见如此年轻的她，我有些难过，眼睛湿湿的。我帮着把饭厅打扫了，然后又收拾厨房。就算是帮嫂子做。

嫂子的癌症拖了近3年，哥哥一直悉心照顾。

15日，新嫂子和哥哥请客，告知亲戚他们的新生活已经开始。

写在教师节

——致岩儿的二胡老师

2013 年国庆假期，岩爸带他到你家，你即兴表演了两首曲子，一首《赛马》，一首《二泉映月》。细节我不得而知，这是岩爸讲述的。之后，八岁的岩说愿意跟你学二胡。

2019 年暑假，在跟岩的一次交流中，我得知他喜欢《二泉映月》，似乎他对这首曲子有些向往。在跟你约时间之前，他假意说不学了，我说好啊，他却马上说还是要学哦。所以 8 月里，趁你有空，他过来学习了一次。那天回到家，他激动地告诉我：《二泉映月》其实也不难！我以为内涵这么丰富的音乐他不会喜欢，但这是除《赛马》之外他唯一主动想学的曲子。

这一晃就是六年！六年的坚持，让他受益无穷。且不说音乐素养的提高，如今面对繁重的学业，他也能很好地坚持下来。

从他对音乐和二胡的一无所知，到如今手指翻飞在两根弦上，拉出各种鸟鸣和马的嘶鸣——以前我认为那可是你才能拉得出来的声音，如今他也能拉得有点模样。肖老师，感谢你拥有高超的技艺，并教授给孩子！

你帮他剪指甲的往事，不知道你是否还记得。他性格内向且倔强，相信你印象深刻。肖老师，感谢六年来你对他的耐心和包容、期望和鼓励！感谢你温和大气的性情，让他受到潜移默化的良好影响！

十分怀念前几年那段时光，每次我送岩过来，然后在音乐学校休息等候，周围全是美妙的音乐，什么烦恼都可以忘记，感觉一切都是美好的。昨晚，最后一曲他拉的是《山村变了样》，听后我忍不住哼唱起曲子的旋律。他说：老妈，你真喜欢啊，下次我再拉给你听！

你知道吗？那个国庆假期的选择，改变的不止是岩！

后记：昨晚，岩在家表演二胡，拉曲数首。我听后十分感慨，写此文。感谢儿子成长中所有的老师！以及我自己此生中的所有老师！岁月里的那些师生情谊，时常萦绕在心，不失为世间美好。那份感恩之心，我把它转到工作中，用于跟我的学生们相处。

致好友 HY

早晨起床，习惯了先阅读，一个小时左右。最清朗的头脑就应该留给书本，留给书里最优秀的篇章。

看多了，便知道哪些是好文字，就如今晨的《火凤凰》和《囚》。前者为叙事散文，我在别人的故事里流连，感悟不同时空的生活，深深地感动；文中那些不理解的词及不明白的典故，逐一查阅，甚有收获。《囚》是哲理散文，文字情境仿佛来自我心里，被作者的文笔升华，表达得恰到好处，读起来欣喜连连，直感叹为什么不是自己写的。

早餐是银鱼鸡蛋羹，配面包。鸡蛋羹很嫩滑，银鱼入口即化。用心做的，总是美味。饭后收拾屋子，做清洁。暑假的悠闲时光，能让家一丝不苟，一尘不染。

于是，该泡上一杯竹叶青，犒劳自己了。细细的茶叶浮在水面，吸胀后慢慢下沉，这时水温也降了。喝上一口，开始是纯正的涩，然后是清香和回甜，余味诱人。那天给你泡的金骏眉，也是我极喜欢的。喝着茶，读完《在人间》的最后部分，意犹未尽。望着窗外青葱的山，回味书里的故事，回味竹叶青的香甜。那山，你赞不绝口，便又回忆起那天我们一起登山的情景。

临近中午，我进到厨房。父子俩理发未归，寂静的厨房，我一个人。炉灶上煲一砂锅儿子爱吃的皮蛋肉粥；木耳泡在热水里；剥去洋葱最外面一层薄薄的膜片，细细地端详；在竹砧板上切红艳艳的小米辣椒待用。一会儿，砂锅里开始溢出香味，我开着细流的水淘洗木耳，厨房里便热闹起来。人间烟火，心里面重复着这四个字。

准备妥当，赶紧奔入书房，翻出一个封面淡雅令人欢喜的笔记本，飞快地记下这些思绪片段。

HY，这就是我的日常。你说你很遗憾没人帮我分担琐事，使我不能诸事尽兴。其实，我喜欢读书，也悦纳人间烟火。

前段时间读完了给你推荐过的李汉荣的散文，我在扉页上写了一段话，现与你分享：在他眼里，万物皆有灵。得有多么博大且柔软的心，才会写出这样的文字。有一些人，天资聪颖，具灵气，他们的思想超越平凡的生活。

你送给我的周国平的散文，我已经全部细细品读，但书一直放在床头，舍不得收起来。似乎刚刚接受了一次洗礼，精神得以升华。我沿着你心灵经过的路，似乎闻到了童年时油菜花的香气，淳朴而温馨。我踏着轻盈的安静的脚步，心里充满欢乐。

记得那个春天的夜晚，我们在公园里漫步聊天，滔滔不绝。几个小时过去了，我们意犹未尽。还有那个秋天的下午，你说你突然想我了。于是我发给你一篇我写的文章，你说读我的文字，就像和我交流一样……是啊，我们相识相知，心灵相通，还有什么比这更令人愉快呢！

遇见你，就像遇见另外一个我。我沉浸在欣喜中，有些不舍，不愿意“读下一篇”。遇见你，我才知道，世界上有一种相知，简单、美好而温暖。

我的目光追随你

在你出生之前，那个秋日的下午，我就想好了你的名字。妈妈的名字偏旁里有一个“石”，你爸的名字里有一个偏旁“山”，于是你名为“岩”。2005 年初，你出生那天，患新生儿窒息，医院下了病危通知书。3 天后你终于能喝下 15 毫升牛奶，有了生的希望，总算抢救过来。之后多年我一直担心你有后遗症，但看到你聪明健康，我暗自欣慰，深感幸运。

2007 年秋，你不到三岁，开始上幼儿园。上学第一天，老师把你拉住，我转身离开。从那一刻起，我展开的想象，全是你在学校的各种生活场景。许多往事，你一定忘记了，可它们印在了妈妈的心里。我为你写的成长日记，文字很多内容很丰富。

2011 年秋，你六岁半，开始上小学。受我的影响，你爱上了阅读，一年级下学期你已经能读厚厚的儿童文学了。此后，你还学会了自己在网上选书购书。六年的无忧无虑的时光，很多晚上你和小朋友们一起运动和玩耍。还记得你八岁时的“六一”儿童节，你第一次帮家里买菜，不到一刻钟就顺利完成“重任”，提着一个环保袋，满脸笑容满头大汗地回家。那次你花了40余元，其中还有一把空心菜。记得你跟我说你的作文得了满分加五个星，那篇作文里有一句话：今天，我才发现，得到很快乐，付出也很快乐。记得你跟着我们练习篮球，一个周日的晚上，你终于有所突破，第一次投篮进球，那晚你总共投进了五个球。

每天，你准时离开家，大声地跟我道再见。我望着你，你瘦小的身子，背着那个厚重的包，消失在楼梯的拐角。我便只能听见你的脚步声了，那“哒哒哒哒”的声音节奏很快，又充满活力。有时候，我还会情不自禁地跑向阳台，打开窗户，追寻你走出单元门的背影。你跑得很快，迅速地钻进绿荫里。我望着窗前那棵高大的构树，怅然若失。

春季回老家带来的大蒜，一大袋，我给扎成两束，挂在墙上。你说光头强家就是这样的。冰箱里腌制的糖醋蒜，暑期酿的葡萄酒，夏末挂的几串红辣椒。你时常提起，并对葡萄美酒赞不绝口。所有这些，只是希望能带给你家的记忆和温暖。

一天中午，你兴高采烈地拿着订杂志的单子回家，激动地在手里摇晃。午饭后你一遍又一遍地在我面前自言自语，思考、算账、修改、定夺，然后找我签字。看着我写完了我的名字，你放心地舒了一口气。然后，你待在阳台看杂志去了，不再理我。

一天傍晚，你从书房跑出来，急切地大声宣布：作业完成了！我要出去耍！然后你把拖鞋摔得老远，套上运动鞋，拉开门就跑。你总是跑得很快。说好的8：40回家，结果拖到9：00，进家门的时候你满头大汗，给我一个微笑和一个拥抱，算是解释。

一天早晨，你上学离开时刚关上门，我便想起没给你装水杯。我赶紧大声喊住你，你拉开门，说：“老妈，这点小事，你紧张啥？”“健康最重要。”我笑着把杯子放进你的包里。你不言，我再一次望着你离开的身影。

2017年秋，你十二岁半，开始上初中。11月28日晚，作业多，十一点半你还在背诵。我建议你睡觉，说晚上背不如早上头脑清晰。你不同意，与我吵起来，声音很大，很激动。之后睡下。我仔细听着你房间里的动静，有辗转反侧翻身的声音，十分钟后依然如此。我轻轻起床，走到你的房间叫了一声，你很快答应了。我靠近你的被窝，抱着你，你也握住我的手。我说："别想了，睡觉吧！"两分钟后，你睡着了，我听到你均匀的呼吸声。母子连心啊，我在担心你，你果然没能入睡。在妈妈的怀抱里，温暖而安宁，你一定睡得很香。稍后，我悄悄离开，回到自己的房间，眼泪不由自主地流了出来。很晚了，我无法入睡，想着该怎么帮助你面对。那是整个学期最糟糕的一个晚上，也是最有收获的一晚。我告诉自己，要勇敢，要坚持，要面对，要帮你适应初中的学习生活。

其后我找到很多的心理学教学内容，包括发育心理学、学习心理学、教育心理学、社会心理学等，全是大学课程视频，我逐一学习。为了你，我不畏惧困难；为了你，我努力让自己更好。

游泳归来，我到学校给你送饭，打扮得清清爽爽，只为你抬头一望，外加回头一瞥。因为爱着这个世界，因为爱着你，我也更加爱自己。

思绪万千，那些属于我们的故事，15年美好的时光，一点一滴浸润在妈妈的心里。亲爱的儿子，我的目光总是追随你，我的心总是期盼你。15年如一日，看到你不断长高，超过我的高度再超过你爸的高度，看到你不断进步，看到你安静平和、心中有爱、脸上有笑容……妈妈很幸福。

岩，谢谢你的到来，让我陪伴你成长，也让我"成长"。

记我的室友

1996年秋，我到西南大学读研，跟路住一个宿舍，我们很快成为好友。

我们都爱好文学。我注意到她的书桌也收拾得干干净净、整整齐齐、一尘不染，上面有很多专业书，还有一些文学书籍。她将澳大利亚女作家考琳·麦卡洛的《荆棘鸟》推荐给我，我很快读得入迷。她正阅读的《简·爱》，是我读过的，我兴致勃勃地给她讲书中的细节。她喜欢听我讲述，笑意盈盈地望着我。我们朗诵《简·爱》中的一段对白，我是简·爱，她是罗切斯特先生，我们兴奋不已。

她书架上有本《红楼梦》，我借来重温。一天周六的上午，我看书入神，心中又喜又悲。午睡不久，我听见有钥匙开门的声音，心跳陡然加快，害怕极了，似乎要遭临头大祸，心里叫到：贾政来了，可作何办！真正我就是贾宝玉一般。原来是路回宿舍了。关于《红楼梦》我们交流很多，从每个人物的性格命运到结局，从美食到风俗，从诗词到歌曲。路喜欢唱歌，她一首首地唱《红楼梦》的曲子给我听，一首又一首。在唱到那首“抛红豆”时，她已是泪流不止，我的眼里也闪着泪花，沉默不语。

我保存的乔榛和丁建华朗诵的经典诗歌磁带，她喜欢不已。我们一起听《四月的纪念》《致橡树》《当你年老时》等，如醉如痴。我们沉浸在唯美的文学世界，一起泪流满面，却不觉得尴尬。

我们总有说不完的话，时常聊到深夜两点，总是听着夜里那种独特的声音夹着虫鸣鸟啼，不知不觉入睡。我先前的生活里，从来没有过这样心灵相通无话不谈的朋友。那是一段我今生最难忘的“文艺”时光。

路年纪比我小，但她像一位姐姐一样照顾我。有一次我感冒了，不想吃东西。路做了鸡蛋羹，我尝了尝便推开，似乎胃和嗅觉都不接受。路探究半天，第二次做了加糖的鸡蛋羹，我竟然全部吃下去了，感觉和小时候妈妈做的味道一样。路还熬了绿豆稀饭，我就着芽菜吞了半碗。绿豆稀饭和加糖的鸡蛋羹救了我，让我空空如也隐隐作痛的胃出现了转机。

端午节，路实习下班回来，精心地做了几个菜：香菇炒青椒和鸡蛋、炒南瓜丝、凉拌黄瓜、卤牛肉。记得那天很冷，雨刚停，气温骤降，自来水却有点温热。饭毕我们出去在校园里逛了一个多小时，路说这叫“游百病”，游了以后，这一年便不会再生病了，是她的家乡西昌的风俗。

那段时间，我总是需要长时间待在实验室里，完成科研任务。等我回到宿舍时，路常常已经把开水打好了，饭也准备好了，我只负责洗碗。路怕我难为情，说她在练习以后怎么当贤妻良母。毕业时，我将我们用过的一个瓷碗带回了家，至今还保存着。

毕业之前，路结婚了，婚礼在研究生楼里举行。路说新房要布置成粉红色，我买了浅粉色的窗帘送给她。记得墙上有两个交叉的心，是我们用皱纹纸粘贴的。记得在新房等候客人的那段时间，我们几个女生打开录音机，放经典英文歌曲和DISCO磁带，跳起舞来，热闹了一场。记得那天路穿了一袭红色旗袍，端庄优雅。

周末，我们经常一起逛街。在北碚的大街小巷，我们可以逛上一整天，偶尔两整天。1998年，我们买了同样的墨绿色上衣和相配的黑色背带式针织长裙，打扮起来一起到学校的周末舞厅去招摇。那年11月，我第一次去北京，深秋的季节我穿着这样一套单薄的衣服，在长城上任寒风吹彻，没有感冒。如今长裙已经无影，那件墨绿色的上衣还在，每年我都拿出来洗晒，至今已保存了整整22年。2018年10月，我第三次到北京，特意带了那件墨绿色上衣，穿在大衣里面。

不想丢弃的，不只是衣裳，还有那份纯真的友谊，那段逝去的岁月，还有生命中的无法磨灭的记忆。

我家有儿12岁

还有两个月，儿子就满12周岁了。上个月给他买新鞋，鞋码竟然38，我似乎一时难以接受。几天前他调皮来缠我，我想推开他，他一使劲我竟然推不动。突然间意识到儿子不再是小小孩，他长大了！

暑假里儿子陪我逛街，当他看到一条牛仔背带裙时，拉着我激动地说："这个好看！妈妈你一定要买！"我看了直笑，"儿子啊，这裙子不适合妈妈了，有违和感。"他问什么是"违和感"，然后还是游说我买。盛情难却啊，第二次逛街的时候就真的买了。暑假里牵着儿子的手在校园里散步，穿着这条牛仔裙，儿子说裙子挺漂亮，很开心的样子。我猜，一定是儿子的某个女同学穿了这样的裙子吧。

儿子还用自己的零花钱给我买了一个手机套，选花色的时候他耐心地陪我很久。他很心疼我的手机，因为我老是摔坏手机边角。他说他的同学×××就用的这种手机套。

在网上购物、买书，儿子习惯了用他老爸的支付码。他也会给我买一本或几本，听我说起过的书名他都记在心里。

这学期儿子当了劳动委员。他说：你知道吗？我很忙的！我今天要指导大家扫除，是“指导”哦，张老师说的。我明天还要给张老师汇报这一周的工作。

儿子在成长，虽然他依然童心未泯。他会在周末的早晨钻进我的被窝，跟我说心里话。他给自己买了水弹枪，兴致勃勃地与小伙伴“打仗”。他在音乐学校大厅的地板上匍匐爬行，全然不顾地板上的尘土和别人的眼神。

12 岁，一个奇特的年龄。

我想你

突然地，你就走了，一去不返，一去不返。一年后，我还不能相信这是真的，两年后，我依然经常梦见你，第三年开始，我把悲伤埋在心里，不让别人看出来。每一天，我都想你，无数遍地想你。每一天，我不一定有欢乐，却一定有悲伤、悔恨和痛苦。为什么不能重来？原来，一切都不可能重来。岁月，如此冰冷无情。

我来到月亮山，这是你长眠的地方，每次回家我都来看一看你。当你来了这儿以后，我的心也跟着到了这里。我常常想你一个人在这儿是不是很孤独，晚上是不是很冷，月亮出来的夜晚你是不是会朝我住的城市张望。我第一次到那个城市是你带我去的。谁曾想，你就是在那个城市走到了生命的尽头。我现在还一直生活在那里，每天心里都受着煎熬。我宁愿自己没有走出村子，我宁愿嫁到附近的某一户人家，可以一直守护着你，陪你过清苦却安宁的生活。我静静地麻木地站在你的坟墓前，我的眼里满含泪水，我在心里长跪不起，思念、悔恨、痛苦，思念无边，悔恨不止，痛苦不已。

45 年前，27 岁的你，终于有了一个自己的孩子，虽然只是个女儿，你并不嫌弃，你把她搂在怀里，看着她与你一样的大眼睛，长长地舒了一口气。27 岁，现在看来还很年轻，可那个年代早应该生儿育女了。爷爷奶奶不会再责怪你无后，旁人也不会再笑话你。你呵护她，关爱她，拼了一辈子所有的力气。

这个冬天，我们的家园生机勃勃。养牛的黑麦草嫩绿闪亮，地里的小麦也绿油油的。屋后的野菊花一大片，金光灿灿，许多蜜蜂在花丛飞舞。你种的橘子树上挂着成熟的果实。我走进堂屋，靠近你的遗像，迎着你慈祥的笑容，眼泪夺眶而出。父亲啊，我想你！

我敬爱的父亲啊！我好想你！你要是在该多好！我给你烧纸，看着火光飘动，看着尘烟飞舞。小时候你给先辈们烧纸，我心里十分不屑。如今我学着你的样子，和你一样的虔诚。不然，我该怎么办？该怎么想念你？该怎样和你说话？他们说人一辈子，因为有情感，才有意义，可是因为情感，也有了痛苦。父亲啊，你给我力量吧。没有你，我该怎么过以后的日子?!

三年加三个半个月过去了。我每一天都想着你，无数遍地想你。当我想你的时候，我做你未完成的事。当我犹豫不决的时候，我问自己你会怎样指点我。我守护你想要守护的亲人，我帮助你想帮助的人。我的白发，是你那种样式的白发。我的皱纹，也成了你那种样式的皱纹。

我敬爱的父亲啊，我想你。

写给失去女儿的Q

Q姐，这些天我一直想着你。

一周以前看了你写的纪念女儿的文字，心很疼，眼泪也忍不住流了出来，真正感人肺腑。

其实我自己经常写，用文字来记录内心，记录生活，不知不觉于闲暇时堆砌了数十万的文字。我以为自己会点舞文弄墨，但此刻，在你那深沉的母爱面前，我的那些抒情便显得苍白空洞，有多少是无病呻吟，有多少是强说愁为赋新词！

我想我不该鄙薄自己，可面对你的文字，我深深地感动，前所未有。你不只是有表达的潜能，你更是一个挚爱孩子的好妈妈，没有深沉无尽绵长的爱，怎能有如此感人至深的表达！

平日里，你总是很忙碌。你以一个女人的敏感和严密的思维，做着一份平凡、烦琐但十分重要的工作。使我们的团队得以正常有效地运转。你全身心地投入，一丝不苟，勤勉而细致。你用繁忙和成绩书写着自己的生活。

Q姐，我们年龄接近，我也是母亲，我理解你那些无边无际的痛苦，理解你的不知所措和失落。

那么多人自发地来看望你的女儿。她静静地躺在鲜花包围的棺里，鲜花那么美，照片上的她更美，纯真美好的笑容，让每个看到的人陡然泪流不止。

我在想，你的女儿其实并没有走。她在你身边过了 17 个春夏秋冬，从牙牙学语、姗姗学步，到学习语言和知识，学习礼节与交往，懂得了尊重与孝敬，为人大度豪爽却心思细腻，她甚至喜欢上了油画和摄影……她已经学会了生活。

她留给你和家人还有她的朋友们很多很多，她的美丽、直率、开朗，跟她有关的无数美好的记忆，够我们享用一生。

Q 姐，你的女儿没有走，只不过她的脚步停留在了 17 岁的花季，只愿意向我们展示她人生最美好的一段时光。

这些日子，我看到同事们都有些惧怕、难过和担心。是啊，如今我也害怕看见红绿灯，畏惧城市里的车来车往。车祸无情，可发生在身边，我们感同身受啊！

流泪写下这些文字，多希望我们心里承受的恐惧能减少一点你的害怕，多希望我们情不自禁流出的眼泪能分担一点你的痛苦！

Q 姐，你要好好的，你一定要好好的！

因为，我们爱你。

我的母亲

现在想来，在我的成长中，母亲对我的关注是时有缺失的。

那件事大概是 17 岁才开始的。那时候，同寝室的女孩子们每每处理月事，叠卫生纸、用卫生带，我耳闻目睹且暗自思忖，如此两年，早就心领神会几乎轻车熟路了。因此，人生中的这件大事，我得以从容面对，不慌不乱，不急不躁。也确实没有什么可躁的。

如今回想起来，生命中那么重要的一件事，我早已不记得是发生在春夏或是秋冬。那事，在那时，于我，似乎根本没有重要性。当然，我的母亲更是不知道。很多事情，母亲没有教，我总是在自己的伙伴中学习，自学自会。我知道，命运的初始，我就被安排在最低处，还有什么是不能坦然面对的，还有什么是不可以顺受的。

我发育得迟，这对我也是幸事。那时，我不知道什么是胸罩。当然，我的母亲也不知道。母亲一辈子也没用过那玩意儿。试想，如果那时我开始丰满，那将是何其尴尬的事！

还有一个“幸好”。在当时的同龄人中，我的入学启蒙还算早；生活里只有山村带给我的自然和单纯，我的懵懂一直持续到了高三上学期，情窦未开。突然有一天，静水起了微澜，继而汹涌，我再也无法静下心来，没法继续做个一心一意的三好学生。那封塞给我的十几页的情书，那些火热的字眼，在我胸口猛撞、敲打。最后那个学期，身边的亲密伙伴也转学了，可谓雪上加霜。我孤苦伶仃地穿行在校园，静坐在书桌前。看似和往常一样学习，却已是心不在焉心猿意马。这个巨大变化没有人知道，没有人发觉，也不敢向任何人倾述，包括母亲。直到今天，我对着电脑回忆那些残存的往事。还好，我好歹已经认真学习了两年半，底子已经有了，总算考上了一个本科师范大学。我跌跌撞撞地走进了大学，关于我的“情”，母亲完全不知。

大学里的一个男生喜欢我，可我视而不见、无动于衷。在我眼里，我的爱情，会在高而远的地方。尤其是在大学的图书馆里“博览群书”以后，我对爱情的幻想就更加高远了。虽然，这个“高远”的思路后来让我历经了不少坎坷。有一天，我听到七岁的儿子调皮地唱着“你要飞得更高，摔得更惨”，把最后一个字拉得长长的，我在心里笑出声来——“会心”地笑。在城市里应该怎样生活，母亲更是无以指点。

但我知道，母亲的爱其实从来没有缺位。母亲已经给出了力所能及的关爱，她只是无能为力。母亲更需要面对艰难的生存，她已经竭尽全力。而母亲给予我的最大的财富，是她传承的勤劳、勇敢和坚毅。

记得小时候一个寒冷的冬日，天快黑了，我们沿着陡峭崎岖的山路回家。母亲背着一大捆柴火，抱着年幼的弟弟，赶着牛。凛冽的风吹着，我看见母亲的腰弯得很低，我注意到背篓下面母亲瘦弱单薄的身躯。记得一年又一年的炎炎秋日，我们收割水稻，母亲一次又一次地弯腰、挥镰、转身，动作麻利，汗如雨下。

母亲总是动作麻利。地里的活、厨房里的事、家里的猪牛鸡鸭都等着她，三个子女要养活要读书，长辈要伺候……母亲总有干不完的活和做不完的事，母亲总有使不完的劲。母亲曾经自杀过一次。我一直知道，母亲不怕死，但怕伤心。后来，母亲即使伤心了，却再也没有想要丢下我们。再后来，父亲不幸去世，母亲掩住悲伤，关心、帮助或扶持三个子女的三个家庭。母亲依然忙碌，母亲的目光却更加坚定。

如今，母亲年过七旬，反倒有了精力，时常关心和叮嘱我，心思细密。我像小时候那样，对母亲言听计从，从不反驳。我害怕——害怕无可听从。

只如初见

我站在火车站前的广场上，等待一段旅程的开始，距出发的时间还有 40 分钟。接下来的旅程有点长，快车 36 个小时。不经意间，我回头，望见了他。那是一张俊朗的脸，拥有着对未来充满希望的神情。惊诧中，我赶紧收回目光。年轻的我，无忧无虑，怡然自得。直觉的距离感，让我迅速将他抛到脑后。

回忆往事的此刻，我依然有些脸红、羞涩，心怦怦直跳。

认识之初我有男友，他也有女友，在人群中一瞥之后，我们不约而同地摆脱束缚，走向彼此。我从来不曾喜欢过年纪比我大很多的人，也从未喜欢过除他之外的年纪比我小的人。我甚至觉得我从未喜欢过什么人，除了曾经一次依照周遭期待和要求进行的尝试与学习。

一年后，我俩结婚。两年后，儿子出生。起始，因为迥异的性格和经历，我曾经对他有不满和指责。我喜欢倾述，他却安静内向，不爱说话，脸上有种逆来顺受的神态。我开始写日记和散文，沉浸在自己的世界里，无论悲伤或欢喜，习惯了他的安静。他在俗世里尽力而为，给我们稳定充裕的生活。我们很快适应了彼此。

这 17 年来，我用过的两把指甲钳，都是他买给我的，都特别经久耐用好用。在生活里我不是一个太仔细的人，第一把指甲钳钝了，他及时买了新的给我。我喜欢恋旧，我的修眉刀坏了，拿给他，他便修好如初。我喜欢的一个包，带子裂开了，他拿去剪掉 1 厘米，重新装好，手工活花了一个小时。我说起山竹好吃，第二天他便买了来。我的车常常是他开去保养、清洗和修理，如果在家属院里停的位置不好，他总是帮我挪车，以方便我上班赶时间。去年暑假，我离开家去外地学习，他把我的车送去维修，焕然一新。涉及后备箱开关、空调开关、右后侧车门、雨刮器、后座玻璃窗胶条、天花板、四个车门篷布、机油更换等。我仅做司机。

他是一个家事通，拼装家具、安装加压水泵、毛巾架、安纱窗补纱窗。他是一个好厨师，周末买菜买鱼买肉买小龙虾，把餐桌变成他家乡的海鲜味。他跟那个定点卖优质猪肉的店主几乎成了朋友。

他在儿子出生的时候救了儿子，儿子年少时遇一次意外，他再一次救了他。2008 年地震时住房成了危房，我们辗转几处。他在我的父亲病危的时刻挽救了他，在父亲离开的时候陪我渡过了心理危难期。我们将父辈的亲人送往墓地。我们仍然没有对生活失望，我们继续携手前行，似乎一切都是上天注定。我们携手走过，扶老携幼走过 17 载的岁月。

当初的选择出于直觉，直觉告诉我他是可靠之人。多少年来，平凡琐碎的日子里，我以为生命中没有爱只有责任，甚是遗憾。可一旦回首，我发现，爱其实已经在我身边。他满满的爱，其实无处不在。不是谁都能够为家人的安危时刻保持警觉；不是谁都愿意当“万金油”，几十年如一日，除了责任和爱的驱使。而我，也早已经一次又一次心动。原来，我所羡慕的爱情，已经在了。

我知道，天地轮回间，一个人对伴侣的选择，眼光是来自血液深处的。

这世界，唯有他，与我携手。这世界，有些幸福，是仅仅属于我的，是唯有我不应该忽视的。

第三辑

初夏的风

家乡的大柏树

大柏树是一株古柏，屹立在老家屋后的山上。它干粗大，枝虬曲，宽阔的树冠可遮荫，裸露的树根可作凳。大柏树也是一个地标，它在几条路交叉处，接近山顶，位居要道。它东连松树梁，南接毛背梁，这条由东往南延伸的山梁，在大柏树处汇合，往西延伸到远近闻名的金城山风景区。大柏树像一个人的脑袋，毛背梁和松树梁似两只长长的手臂，拥抱着几个村庄。山村像是大山的孩子。金城山是身子，至于身后是不是有两条腿，或许有，我不得而知。

离大柏树最近的是朝天寺村，是我 18 岁以前生活的地方。外婆家在“右手”毛背梁和“身子”金城山之间的山腰里，姑妈家在“左手”松树梁与“身子”金城山之间的山脚下。金城山周围的人们娶来嫁往，大柏树成为许多人走亲戚的必经之路。漫长的山路需要脚力，还好，路上有大柏树可以歇息。路过的人们总喜欢在大柏树下停留、聊天。我看到过有人在树下伤心哭泣，我也听到过有人在树旁开怀歌唱。

每年，我总是数次沿着坎坷的羊肠小道往返，总是喜欢在下坡的山路上飞跑——在山路上飞跑的习惯延续至今。我和弟弟爬上毛背梁去看外婆，外婆家在大柏树最长枝伸展的方向。暑假，外婆还留着邻居给她的大丝瓜，煮来给我们吃；寒假，外婆枕头下的糖块都要化了，她颤抖着手塞给我们。中秋节，去姑妈家，经过了崎岖的上山路，我们总是停下来，坐大柏树下的青石或树根上休息，伴着急剧的喘息，擦擦脸上的汗水，看着前方金城山方向平坦的路，心里一阵轻松。

多年后我带爱人回老家，专门绕行金城山，经过大柏树，看着这个海边长大的人在坎坷的山路上“手舞足蹈”地行走，带他到树下坐一坐，才终于能够把他当作自己人。大柏树，仿佛是我心中的圣地。

尹家湾是离大柏树最近的一片土地，紧邻松树梁。因为离山腰下的家很远，且山路陡峭，这里的劳作和收获都很艰辛。即便如此，村民们总是在这片土地上精耕细作。他们贫穷却勤劳。水稻、黄豆、玉米、红苕、小麦、土豆，一茬又一茬。每一种庄稼的播种、管理和收获我都经历过，我和家人无数次的上山下山，牵着牛，扛着工具，背着柴火或粮食。红苕和玉米的产量高，背起来最累人。种豆得豆，种麦得麦。土地是诚实的，有耕种就会有收获。寄希望于土地的人也是诚实的。他们饿了，吃一块红薯就足以充饥；他们渴了，便捧起路边的泉水来喝。在这条路上行走的人淌过多少汗水啊！但他们不怕淌汗，他们感激那片让他们流汗流血的土地。

小时候，大山遮住了我的眼睛，我就在大柏树下遥望远方，成年后我离开家乡，便在心里跟大柏树道别。我小时候刻在大柏树上的字，早已经不见踪影。如今，大柏树依然在山的高处挺立，守望在山路上，它依然一年又一年地看着土豆播种、玉米展叶，看着红薯长藤、水稻弯腰。它还看着走过它的人被埋入土里，却再也生长不出来。

如今，留在山村的人越来越少，大柏树下，荆棘丛生。我却更加惦念它——我心中的大柏树。

美人和露入淇园

昨日穿过公园，眼前突然一亮：几朵荷花绽放，数杆荷叶挺立。一个年轻的母亲在给花前的幼儿拍照。我不想打扰他们，大概也不想被人打扰，便匆匆回家。今晨，下了雨，记忆里的荷花指引着我，擎伞步行前来。细看荷花已经有些凋萎，雨中的荷叶却更是翠绿。旁边果然有一丛竹。“袅袅数茎欹竹屿，美人和露入淇园。”美人即荷花，淇园指竹园。我念想了一个晚上的诗意，还是有些影子的！

国人喜爱荷花，从3000多年前到如今。“山有扶苏，隰有荷华”，这是《诗经》里写的荷花。大意是山上生有桑树，低处的湿地长有荷花。难得这部最早的诗歌集，记载了我国早期的文明。汉代的民歌有“江南可采莲，莲叶何田田”，唐代的“芙蓉如面柳如眉，对此如何不泪垂”都是写荷的名句。传承了几千年的审美，如今到了你我这里。

国人爱荷花，爱到骨子里。那爱，从藕端萌出的第一张叶片到枯荷，从春暖到秋凉。“小荷才露尖尖角，早有蜻蜓立上头”，像爱一个初生的婴儿，他有着最美最清澈的眼睛。“圆荷浮小叶，细麦落轻花”“圆绒初出水，规盖已迎风”，这是纯真无邪的灿烂少年。“移舟水溅差差绿，倚槛风摇柄柄香”“惟有绿荷红菡萏，卷舒开合任天真”“一色荷花三十里，淡妆浓抹锦云红”，这是一个温柔多情、活力无限的青年。“绿池落尽红蕖却，荷叶犹开最小钱”“秋阴不散霜飞晚，留得枯荷听雨声”，即使你垂垂老矣，我依然深情。你绝美的容颜，你的田田荷叶，早已铭刻我心。“当你老了，头发白了，我依然爱你苍老的容颜，爱你脸上的皱纹”，大概也是这样的意境。那得是怎样深沉的爱呢？

芭蕉可以听雨声，枯荷也可以，何况这夏荷。芭蕉的叶片长而大，荷叶则是圆而大，雨打了荷叶，不仅可以听雨声，还可以欣赏荷叶上特有的水珠浮荡，你也会跟着自在快乐起来。我在雨里看夏荷，听雨打荷叶。我久立于此，浮想联翩。一个人活着，终究会离开世间，一丛莲却不然，枯萎之后，来年还会有钱叶长出，随后花会再开，如此生生不息。

离开“淇园”的荷花，我在前面的小荷塘边接了一个电话。塘里的荷花还没开，荷叶大如伞盖，高高低低、挨挨挤挤的，绿意盎然。彼时走得匆忙，此刻，我又向往起这一处的荷景来。

记 2020 寒假

今年 1 月 19 日，我们一家三口回到儿子爷爷家，在江苏南通海边。

2 月 2 日，大年初九。早起，寒意扑面而来，空气很清新。屋前屋后逛了一圈，发现地里起了一层厚厚的霜，屋后的麦田银光闪闪的，井边的水盆里有浮冰，四下里鸟鸣悠扬，河边芦苇丛下有鸭在嘎嘎叫。灿烂的阳光照耀大地，像什么都没有发生。不远处，却传来喧嚣的病毒防护宣传。

今天，原本是我们每年回四川的日子，也是大弟家请客团年的日子。原本这一天我可以见到家里的许多亲人，与他们欢笑一堂。但南通机场飞机停飞至 2 月 9 日。不能走，也不大敢走。儿子的爷爷病重，疫情倒是给了一个平日里远在他乡的儿子一个机会，可以悉心地照顾老父亲。

2 月 3 日。电话里母亲说今天一个村民要去赶场，被大弟阻止了，大弟告诉他现在没场可赶了，村干部可以帮着买菜。大弟在四川老家担任村长，他住在县城里，每天开车回村，早出晚归。村里人基本没有口罩，但村领导有少量口罩和消毒液。今年的春节见不到母亲，但我们通话很频繁。

2 月 10 日，三伯母因病离世。伯母在医院住了一段时间，亲人们也曾在医院照顾她。大弟送了两个口罩回家，那是他好容易才攒出来的，好让小弟和母亲可以去帮忙和送别伯母。我跟悲痛中的堂弟联系，提醒他尽力做好防护。亲人们匆匆地提心吊胆地安葬了伯母。80 岁高龄的伯母在疫情期无声无息地离开了，只有极少亲人送别。

2 月 15 日，昨晚一夜雨，早晨发现门前的河水涨了许多。举目望去，风吹过河面，但见波纹连连；风吹过芦苇，可赏舞姿翩跹；风吹过电线，听得呼呼的鸣响不息。河对面挺立着一株高高的水杉，树梢上有一个大大的鸟巢，它是两只花喜鹊的家，两只鸟儿在附近自由自在地起飞、盘旋和停歇。美景当前，盼归。

2 月 16 日，昨晚下雪，早起仍觉惊喜。雪不大，但四周都被白色覆盖了，大地干干净净。要是没有“冠霾”，该多好。

2 月 17 日，今天是侄女的五岁生日。我在弟媳的微信里看到照片，家里做了丰盛的午餐。午饭后，迎着灿烂的阳光，我来到门口的河边，靠在一棵榉树上，看河水缓缓东流去。河水泛起的波光令人迷茫。我的目光随着河水向东，我的心却在向西 1800 公里外的故乡。思乡已是心切，更是渴望回归正常的生活。决定订机票，在人潮外出之前回家。几天前已经买好了防护口罩，还有护目镜。

2 月 23 日，回江苏老家后的第 35 天，我们经成都机场回到南充。本来经重庆更近，但订机票时经重庆会被集中隔离（后得知 21 日起南充已取消集中隔离），只好辗转成都。南通机场候机的乘客稀少，完全有安全距离，有几个乘客在机场里安静地溜达。

机舱里乘客不多，卖出的座位是间隔的，一排六个座位最多四个人，好些整排都空着。服务员发了袋装点心和瓶装水，乘客少很快就发完了。我们没吃也没喝。还是有人撕开塑料袋吃点心，发出窸窸窣窣的声音，但不久就归于安静。

戴的口罩据说是欧标的，N94。儿子挺懂事，在飞机上看了一本旧的故事书，还睡了一觉。戴着口罩真的挺憋气的，一直忍着。不知道那些医护人员是怎么习惯的，心想他们大概真的是天使。3 个小时后到达成都，约了南充的车，小青在成都机场等我们。又过 3 小时，我们在小区填表、测体温。终于回到了家。当晚，我梦见了去世已经六年多的父亲，梦里不再有痛苦，只是一家人平静温暖地生活在一起。

3 月 9 日，居家隔离结束。其间去社区报了行踪，隔一日，社区工作人员便上门来测体温。至今一切正常。

这段时间儿子每天听网课，我则备课上课。家里一个学生一个教师，各自忙。家住顶楼，但下左右都有学生，还有一个高三的。不管怎样，我们已经平安回家，生活以一种特别的方式继续。

上午出门，发现楼下的一棵柳杉已经枯死，我怔怔地望了几眼。小花园里的李树下已有许多落英，地上有一层白花瓣，想起去年李花刚开那天我去了游泳馆，游了 30 圈。二乔玉兰在恣意绽放，先花后叶的树上尽是小孩拳头般大小的花朵。拐角处的蜡梅冒出了许多新绿嫩芽，泛着诱人的光。行人依然稀少，先前我设想的人潮似乎没有来。

惊蛰刚过去 4 天，我盼望着的第一声春雷还没到来。打电话问母亲我出生那天的天气，母亲说天热，还风雨雷电的。40 多年前的那个日子，母亲竟然还记得。我不知道若干年后我是否还能记起，这个 2020 的开端，漫长的寒假，风霜雨雪霾，不一样的春天。

不眠之夜

2019 年秋发生的事，让极少失眠的我度过了半个不眠之夜。如今它依然缠绕在我心里。事情真是太巧了，巧合得令人不可思议！

10 月 18 日，前往上海。中午在飞机上看了一篇散文，题为《城市之光》。以下几句印象深刻："人类用光照亮了城市，照亮了可能发生罪恶的角落，防止了更多的犯罪，也照亮了人类的心灵，让人类对黑暗的恐惧消失于明亮之中。但是，过度的城市之光让人类的心灵失明，让我们消失了睡眠，让我们的欲望在夜晚泛滥而淹没人性。"

晚上住在一个叫"华美达"的酒店，就遭遇了一次"光"的事件。每次住酒店我都嫌房间的灯光不够亮，朦朦胧胧，不适合看书。因此，刚进房间我就把几处照明灯、两盏台灯和一盏落地灯打开。然后归置行李，准备次日出行的包，洗漱完毕，接着看杂志。十一点过，当我准备睡下时，发现房间的一个灯无法关闭，一个照明灯竟然无法关闭！我琢磨了十多分钟，它仍然一直亮着。只好给前台打电话，前台说这么晚了，电工也下班了，将就睡一晚吧。

我“将就”了大概一个小时。但灯光实在太亮，确实无法入睡。我起床想办法，发现灯嵌在房顶的一个凹洞里。又给前台打电话，告诉他准备纸板和透明胶带。十多分钟后，一个戴眼镜的小伙子带来了材料，同时搬来了一架梯子。粘了两层纸板以后，灯光终于暗了下来。躺下后，却发现房间里几处都有灯光：右前方的台子上无线路由器在闪光，对面墙上的电视机下边有光，床左侧的电源有提示光。我用三个枕头和两个靠垫分别挡住了这些光线。然后去关窗，准备安然入睡。当我打开两层窗帘一层窗纱的时候，我发现对面的街道上灯火通明，上海的天空笼罩在城市之光里，好一个不夜城！

再次躺下，已是深夜两点多了。经历了这烦恼的灯光，我开始想念年少时在乡间度过的夜晚。那时候，每个晴朗的傍晚总是沉静得像一块蓝色的印花布，晚霞渐渐消失，竹林在半明半暗的光线里轻轻晃动，牵牛花的花瓣闭合，耕牛入圈，鸟儿归巢，暮色四合，从白昼渐渐转入黑夜。那些真正的夜晚，令人渴望啊！记得那时候我在煤油灯看书，熄灯后四周便黑漆漆的。还记得在伸手不见五指的夜晚，弟弟和他的伙伴们到山里走夜路，以锻炼自己的胆量。

大约三点过，我终于睡去。梦里的夜空，只有星光与月光，在遥远处闪亮。

回 家

2003 年旧历年底，第一次跟着 F 回他的老家。这个江苏南通海边叫“杨楝园”的地方，我竟然见不到一块石头。此发现先是令我不敢相信，之后多日我依然诧异无比。怎么会没有石头呢？地里有石头是天经地义的事情啊！有石头的地方随处可躺可坐，还可以刻画涂鸦，地里怎么能没有石头呢？我在田间地头、河岸和路边四处寻找，始终找不到一块石头，连一块鹅卵石也没有。四川随处可见的石头，这里着实没有。是啊，土层深厚的冲积平原，可以没有石头。

我不知道自己为什么会找石头，而不是找我同样熟悉的核桃树或者李树啥的，反正异地他乡的差别是从一块石头开始的。

17 年来，我们两地往返。舟车劳顿、冬日奇冷、风俗有别、饮食各异、语言不通，都没有影响回江苏的行程。

2007 年春节，儿子两岁。返四川的火车票只买到了站票。车厢里拥挤不堪，夜深了，好心的乘务员给我一张小凳子，我抱着儿子坐下，哄他睡觉。儿子说：“妈妈，没有枕头怎么睡觉呀？”

2008 年秋，儿子奶奶去世。在屋后的墓地，F 说我们以后也要回到这里。我盯着那个长方体形状的墓穴发呆，心想四川的土地可挖不出这样规整的穴。2012 年，前嫂子去世。两位亲人的离世，令我内心震撼，前后都写了纪念的文字，自己读起来也会落泪。

2015 年春节，我在微信里发了一张老家房子的照片，附了一句话：我们还有一个家。一个朋友说看到这句话就莫名的感动。

2018 年春节的年夜饭是四川火锅。

这个暑假，老父亲生病，我们一家三口再次回到江苏。某一日堂妹请吃饭，菜单上竟然列有川北凉粉、水煮肉之类。再一日大姐请我们吃当地特色菜，美味总是令人印象深刻，记住了店名——掘港人。二姐买的黄桃，是 F 的最爱，13 岁的儿子可以一口气吃掉 5 个。多年前我们亦让黄桃“远走他乡”，在四川开花结果。和嫂子聊天，已经深入到可以一起感动落泪的程度。某一日我发现哥哥的药不对症，所幸及时纠正。给老父亲买的新衣服，湖蓝色条纹 T 恤，依然帅气的老人家穿起来年轻了 N 岁。一个来自四川的山妹子，终于学会了江苏南通的纸麻将，水平欠佳，却可以陪父亲搓上几把。

返四川的前一日，老父亲给儿子出了两道数学智力题，儿子在纸上稍作勾画，很快答对，而我一脸迷惑。一转头，我看到了一个爷爷脸上绽放的笑容。再有一字谜：“刘备有张飞有曹操有，我们大家都应该有。”儿子在爷爷提醒之后也答对。之后老人家把报纸上的一篇励志文章给儿子看，并对他说：你妈妈是大学老师，你应该比文章中的人更好。

我想，我应该发一条新信息，照片是门前那口井，还有那丛紫竹，文字是：我的家。

九月心语

近日，家长群里发了一篇文章：9 月里各地中小学生跳楼 9 起。评论大意：面对“残酷”的教育，家长要有耐心，要爱孩子，要“静等花开”。有家长说看得感动落泪。而我，却异常平静。

我知道，在我心里，一直有着这样一篇文章，在时时警醒我。

在迎来送往的教师生涯里，不觉年龄已有一把，却依然是第一次，第一次做一个初中生的家长。开学将近一个月，这个月里，有些担忧，有些紧张，也有些激动。

孩子刚上初中，我注意到他的一些变化，儿子似乎一下子懂事了。一日中午，他进门见桌上有李，抓来便咬上一口，一边说“好吃”，一边赶紧塞一颗到我嘴里。再一日中午，桌上给他准备了剥掉皮的鲜核桃仁，他大叫“美味”，然后就跑来蹿去地把核桃仁送给我和他爸。一日晚，我帮助他完成阅读文章的理解，睡前他情不自禁地亲我脸颊一次，再一次。另一日晚，我右手中指头受小烫伤，他迅速找来两个塑料杯，装上水冻在冰箱里，隔一会儿给我换一次。尽管他一直在写作业，但他总能及时给我换上冰水。中途我试着把手指从冰水中抽出来，感觉到钻心地疼。睡前，我的手指已无碍。

沉重的课业，辛苦的学习，却造就了一颗爱心?! 即使有时候对他发火，他也不会伤心。我猜，大概是因为他知道，妈妈是爱他的，是和他站在一条线上的，是他的朋友。

前日中午，和他一起分享了同事发的“广州国际花卉艺术展”美图，听着优美的英文歌曲，浏览一幅幅美轮美奂的花艺图片。我们一起享受这世间的美，还各自找了自己最喜爱的插花。

孩子在成长。感恩一切。

碗莲日志

碗莲是一种微型荷花，高不足 20 厘米。今年第一次栽，经历了 3 回波折。

6 月底，29 日，即将结束一个学期的工作。开始有时间大扫除，我将家里上上下下、里里外外收拾一番，归置、丢弃。在一个有盖的茶杯里，居然发现一颗碗莲种子！两个月前，我找了它好久呢！虽然时节已过，还是很兴奋，赶紧给莲子破口，用水浸泡。7 月 1 日，莲心长出了绿绿的芽。

播种时间晚了两个月，不敢有太多奢望。置窗外晒太阳，期盼它快快长叶，追赶逝去的时光。7 月 8 日晨，发现长出的第一片尚未展开的嫩叶不见了，徒留叶柄。大概是被蟑螂咬掉了！每晚，我把它移至餐桌，用镂空的罩子盖起来。心疼持续了一周。

7 月中旬，举家外出旅游。担心水不够耗，前一日给花盆加满了水，临出门时还添加了一些，直到盆满将溢。外出的第 5 天开始担心水没了荷叶枯了，后悔没用一个大花盆，后悔没托付给邻居。10 天的行程结束，回家时迫不及待往阳台跑。还好，土没干，仅两片叶有些枯萎。

8 月 20 日，它长出了第 15 片叶，在阳光下亮亮地绿着，还有一颗小小的花骨朵儿冒出了水面！我凝视良久。给它一钵土，一碗水，它便茁壮地生长。22 日，发现水底有一个小花蕾。今日，又现一个花蕾。惊喜不断！看来它虽然“袖珍”，却保留了荷花生长强健的基因。我的碗莲要为这初秋添一抹美色了！

经验：盆土泡几天待用；自来水存放一天后使用；使劲晒太阳。

芙蓉如面

“芙蓉如面柳如眉，叫人如何不泪垂”，这是感怀贵妃杨玉环的诗句，出自白居易的《长恨歌》。

诗里的“芙蓉”，不是当今所指的木芙蓉，而是“水芙蓉”——荷花。华清宫的中央为荷花池，夏日池里荷花绽放，花朵娇美，如贵妃面容；池边飘摇的垂柳，叶片恰似贵妃娥眉。那是一个世人瞩目的爱情故事，流传至今，影响深远。两位主人公已经逝去 1200 多年，但池里荷花依然盛开，垂柳亦在。好一个“物是人非事事休，欲语泪先流”的情境。

荷花虽开放在炎炎夏日，却是在水中。在水中亭亭玉立的荷花，配以碧绿的田田荷叶，实实给人一种清凉之感。炎夏里的美艳及清凉，令人沉醉啊。

贵妃一生，美到极致，更是精通音律、擅长歌舞，也媚到极致，让皇上李隆基沉迷半生。却到底只是以色侍人，终不能主宰自己的命运，她在最灿烂的年华被赐死在马嵬坡，香消玉殒，时年三十七岁。

像一只鱼儿游在荷塘

游泳是我童年时代的梦想。那时父母不允许我们下河，女孩子更得“守规矩”。大学时，体育课仅一两次机会进游泳池，好在发了本教材——《大学体育》。即便如此，已很是激动。

毕业后可以自己花钱进泳池了。我琢磨完《大学体育》，自学蛙泳。很快有些眉目了，唯一不会的是“换气”。那些日子，我初入社会，忙于应付诸多事，在生活中“游泳”亦未学会换气，有不少迷惑和苦恼。

1998 年秋季到来之前，我的实验盆栽水稻收获了，一共 93 盆。那个夏末的下午，我清洗了所有水稻根系上的泥土，花了 5 个小时，很费劲。记得那些名字叫作Ⅱ优 6078 的水稻长得很好，根系很发达。处理完实验室的事情，我前往学校的游泳池。我一个人在水里摸索，一遍又一遍。有一刻呛了水，突然失去平衡，我恐惧不已，使劲挣扎。好在我离池边不远，总算凭本能抓住了池沿。我还以为自己会出事！但我很快恢复平静，若无其事继续游。奇迹终于发生，那个傍晚我突然就会换气了！我想我应该感谢那天下午的劳作，让我全身活动开来；也感谢那时年轻力壮的我，不然怎能忙了整个下午，还有余力去游泳；还要感谢西南大学那片蓝天下的泳池。

我终于真正地学会了游泳，不再是一只“旱鸭子”，脱胎换骨般。我很开心，却总是安于现状。蛙泳游了十多年，今年才开始摸索自由泳。想要学自由泳，大概是因为那个小姑娘——今年暑假在游泳池注意到她。她15岁左右，似乎没有伙伴，一个人一圈又一圈不停地游。她很瘦，但她的自由泳泳姿特别美。力与美的结合总是很有魅力。开始学自由泳感觉很费力很累。好在如今网络发达，网上有要点有学习心得还有教学视频。每天体会一点进步一点，慢慢地就能自如了。自由泳劈波斩浪的感觉真的不错！

仰泳时头枕水面，仰望蓝天，悠闲自得，早已令我向往。学会了一种泳姿，学其他的便轻松很多。其实早前我就会仰在水面了，只是不知道怎么前进。几周前我开始探索仰泳，想要学会。有一天，我发觉自己不知不觉中竟然仰泳到达了泳池的另一端，25米！那一刻，我快乐得难以形容，或许是亢奋，如同18年前学会蛙泳换气。许多年来没有过这般的感受了！我情不自禁地笑了，收也收不住，只好忍住别出声。我知道那一刻我的笑容一定灿烂无比。我笑对天花板，笑对水波以及游泳的人们，笑对对面墙上的电子时钟显示牌。其实那时我还没有克服仰泳时水呛鼻子的问题，划水时手离头侧较远。回家时在手机上找视频，看到了仰泳防呛水的秘诀，后来的问题就迎刃而解了。

我不知道自己到底为什么要开始学习新的泳姿。为什么现在才学呢？没有时间？没有自信？还是没有这般心思？

在这个城市的室内游泳馆，我变换着三种泳姿，来去自如，如同一只鱼儿，游弋在荷叶伞下，自由自在。我告诉自己，凭着少年时代“头悬梁，锥刺股”般的坚韧，没有什么是学不会的。我知道我从来都不曾缺乏坚韧，只是习惯安于现状。我告诉自己不只属于这片荷塘，我已经可以穿游江河，或许还可以向往大海。

在音乐学校

前年元旦，我前去观看音乐学校的年终汇报表演。儿子穿了西装，配了领结，帅帅的。他的台风和技术都有进步，本该有更多的进步，但还是令人开心。我在台下静静地当观众。小小的表演厅里环绕着一串串音符，让这个夜晚变得美妙、温暖而浪漫。我感觉自己的心又一次回到了身体里，那是真正的快乐和幸福，超越了尘俗的一切。

去年春天，一个上午，我在电脑上搜索二胡名家宋飞的视频。听了一遍教学版的《绣金匾》，她拉出的曲子特别有张力，一下子吸引了我，便又看了两遍。这个平和的女子，讲解名曲，深入浅出。视频转到《二泉映月》，看她拨动琴弦，身子随着音乐轻轻摇动。她的音乐是神秘的，让人心醉，令人向往。不知不觉中，我的眼泪掉在了面前的书上。这个上午，沉浸在美妙的二胡乐曲里。即便你对生活有很多的失望，音乐也一定能点燃你心中的美好，激励你勇敢地面对。

上周一，晚上，我坐在音乐学校一楼的长凳上，等候上课的儿子。门口吹来了凉爽的风。咨询台上的音响里放着悦耳动听的曲子，每一首都悠扬美好。收拾一下随身的包，也收拾一下心情，抬头望望外面车水马龙的大街，埋头阅读随身携带的那本书。还有什么比这更幸福的呢?!

不怕不怕热

8月的一个下午，室内35℃，我把温度计放到窗外的阳光下，测出了50℃！这般炎热持续了一月有余。周围的人都在抱怨：太热了，太热了，这鬼天气！

这个假期，令人惊奇，我发现自己竟然不怕热！

整理和清洁房间的时候，汗水顺着头发流，沿着下巴淌，不停地滴落在面前的地板上，却并不觉得热，擦去满头大汗的一刻，倒很是惬意！于是，我喜欢上这种感觉，把家收拾得一尘不染。

在回老家的山路上，我背着沉沉的包，顶着烈日，走了一个小时，汗水刚流出来就被“烘”干。到家时，赶紧给儿子喝解暑药。我感觉还好，只喝了水。

这个暑假，我和炎热握手言和?！我竟有些喜欢这热了。从游泳池里钻出来，温暖马上实实在在地将我包围，像踏实可靠的老朋友。其实，冬季蒸桑拿不就是享受炎热吗?

暑热慢慢消退的时候，我开始怀恋炎炎夏日无处不在、唾手可得的高温。一年中，仅有两个月的炎热，免费的桑拿，或许是值得珍惜的。

我的故乡

我在故乡长大，直到高中。如今人过中年，越发思念故乡。故乡的四季变换，故乡的一草一木一人，记忆掺杂现实，历历在目。

春天的山上，漫山遍野的野樱桃花夹杂在青山丛林中。我抬头仰望，使劲地想看清楚，深绿的山林里赫然点缀了一团又一团灰白色。“那是什么呢？是岩坎垮塌的地方？”“野樱桃花！”山下，二伯家的大枣树，三伯家的大杏树和大银杏树，我家的老核桃树，村里随处可见的李树、杏树、梨树、油菜、柑橘树，它们相继开花、展枝，开始一场浓重的表演。山上山下烟雾般的花海妖娆，满山的花香弥漫。

关于夏天，记忆最深的是溪水、瀑布，从水库逆流而上的鱼，灿烂的阳光，野草的迷人气息，还有泥土的清香。初夏回家，一个人走过熟悉又陌生的林间公路，到达毛背梁的大柏树，稍事休息，观望一下这个“老朋友”，再踏上蜿蜒曲折的山间小路。长长的路，呼吸着山林里清新凉爽的空气，我感觉自己的心张开了，想要尽情感受故乡的美妙。山路崎岖不平，我却能飞跑到家。家里没人，大概出去干活了，我坐在门外的长凳上等候。眼前尽是翠绿，亮亮的绿色。屋前有棵挂满果实的桃树；桃树旁边爬着一串牵牛花，花朵洁白，一只白蝴蝶在附近盘旋飞舞；牵牛花旁那丛美人蕉自顾自地开着，红艳艳的。抬头望去，稍远处，李树、杏树、梨树挂果了，远未成熟；柑橘花正香气四溢；三伯家那棵银杏树亭亭玉立，枝梢直射，巍然挺立。附近有小雏鸡的叫声，空中传来布谷鸟的叫声。竹叶一片又一片，随风飘飞，慢慢地翻身落下。到处是鸟鸣，风也吹着，却感觉很安静，能听到自己的心里话，能梳理自己的感受。

秋季，田里稻谷终于成熟，散发出独特的芳香。大人们把打谷机抬进稻田，女人和小孩已经割下一把把稻子。年过五十的二舅一边用力踩动脚踏式打谷机，一边把别人传给他的稻子送进飞转的齿轮。他光着上身，瘦小的身体似乎充满力量。他使劲踩踏，身子随着打谷机的节奏上下晃动，豆大的汗珠子一颗又一颗从他的身上滚落下来，阳光下他的身子黝黑闪亮。二舅把整年的力气聚在了秋季，把自己交给了秋收。核桃也成熟了，这是孩子们最盼望的——可以“打核桃”了！用长长的竹竿敲落核桃，扒开绿色的外皮，敲开硬壳，再仔细剥去褐色的内皮，新鲜的果肉吃起来又香又甜，实在美味。金灿灿的柑橘挂在枝头，等你去摘。地里红薯长大了，圈里的猪渴望养肥了。

冬天，屋前架起柴火堆，等到下雪天备用。黄色的野菊花仍在盛开。绿色的麦地里，弟弟在施农家肥。树上未摘的橘子红得诱人，小儿找了根竹竿去敲打，直到汗流浃背。即使在冬天，庭院外依然一片盎然生机。

故乡四季分明，美丽多变，不变的是空气的清新芬芳。我的鼻子习惯了大地的气息，习惯了植物的清香，在城市里我特别喜欢中药铺。那似曾相识的气味，能让游子亲近故乡。在城里待久了，常觉烦闷无助。故乡能给我力量。每次回到故乡，心被故乡的清风雨露润泽，我就重新有了勇气。我会又一次像当年那个离家的花季少年，决然，不畏惧，踏上该走的路。

故乡的风景，每一年每一个季节我都不愿错过；故乡的人，每一个都是亲人。每一季错过了的风景，我就在梦里寻找，就在亲人的描述里寻找。难得我童年的伙伴，应真妹，替我留在故乡，记着我错过的那些山花烂漫，告诉我春风秋雨中竹林的舞蹈和松林的呼啸。每次回家，随手拍的故乡风景，每一张都温暖亲切，每一幅都美轮美奂。

最盼望的是故乡的蓝天碧水、阳光泥土、山林树木，最美的风景在这里，最大的快乐也在这里。即使走过千山万水，最向往的地方依然是故乡。

今日，我刚告别故乡，又开始想念了！我的故乡，我魂牵梦绕的地方。

西藏之行

2015 年暑假，7 月 30 日我与家人及朋友飞往拉萨，于 8 月 11 日返回，行程一共 13 天。美丽的西藏，神秘的西藏，尽收眼底，浸入心灵。时隔多年，记忆犹在。

很多人说去西藏千万不能感冒，可我在西藏感冒了，但全程症状轻微无碍，且回程之前早已痊愈。高原并没有那么可怕。之前在四川的山地做科学调查，多日待在海拔 4000 多米的高山，甚觉空气清新、神清气爽，行走如履平地，还能快步如飞。我猜，我的前世可能是一个藏族山妹子。

还体验了一次难得有机会的高原驾驶，果真不一样。主要是加速慢，需要随时注意减挡。翻越念青唐古拉山时，上坡起步，手动挡的汽车需要双手双脚并用，左脚离合右脚油门，左手方向盘右手手刹。似乎汽车的高原反应比我严重多了。

远看纳木错，蔚蓝的湖水与蓝天相接，共成一体，所谓“天湖”。神秘的西部高原，亦有美丽的古典园林——罗布林卡。院内各种鲜花遍布，古木参天；林中的草地更是让人流连忘返。文成公主实景剧场印象太深刻，第一次看到这么大的舞台，得有上万平米吧。那些骏马在舞台上奔驰，震撼人心；那些旋律在寒冷的夜空中回荡，浩大而凄婉，怎能不感人。原来，藏人把美丽的花都叫格桑花，把优美的诗歌都叫仓央嘉措的作品——其实许多仓央嘉措的作品是后世藏人甚至汉人所作。原来，从前的西藏，政教合一，僧人不可能单纯地吃斋念佛和修身养性。

那一天，车从拉萨出发，前往林芝，值得详述。一路上车窗外的山光秃秃的，看着连绵的荒山野岭，心也变得荒芜。思前想后，大概这里的山冬季是用来积雪的，夏季是让云雾缭绕的吧。你看它终年岿然不动，光着脊梁，大概它还是用来滋养如此诗句的：无论你在与不在，我都在这里。继续往前，原本光溜溜的一览无余的山，突然出现无数的"牦牛"，一只只散布山上，似有成千上万。仔细一看，原来是顽强长出的灌木，一丛又丛。一路往前，阳坡上的绿色越来越浓，灌丛越来越大而密，秃山终于被植被占领了！继续向米拉山前行，期盼着前面有森林，心也开始活泛润泽起来。最早出现的乔木是左旋柳，然后就感觉回到了四川。这里土壤肥沃，植被丰茂，河水流淌。林芝的山水苍翠秀美，与四川美景接近，与光秃秃的拉萨相差太远。只因米拉山阻挡了湿润的印度洋气流。

大昭寺的朝拜者、一路所见的那些朝拜者，成为定格的画面，印在脑海。突然间心里生长出感动：勤劳勇敢的人们在这片土地上创造了一方文明；他们如此感念上天的恩赐，他们绝不破坏，他们约束自己，他们一路朝拜。

寒假大事记

一　险事

一天下午，在哥家的厨房里洗碗收拾，我一边用煤气灶烧热水，一边打扫灶台，突然，眼前燃起了熊熊大火！我赶快跑出来，本能地使劲地啊啊大叫。F 来了，老爸跟在后面，F 的一个朋友也跟在后面。F 脸带笑容，大概刚刚正在和朋友畅聊。他进到厨房，把一个柜子门打开，关了里面的液化气开关，火很快就熄灭了。我坐在凳子上，手在发抖，心跳得很快。

管子被烧掉了一寸，抽油烟机的部分电源线烧熔化了。原来哥没有把煤气管与灶的接头用卡子固定，我打扫的时候管子掉开了。

2 月 8 日那个下午很是后怕，儿子玩哥家的不锈钢电动门，脑袋被夹住了。那时他一个人在外面，我和 F 在家看电视。F 听到隐约的“爸爸救命”，从无法畅快发声的喉咙里冒出来。我看见 F 离开时有点不对劲，也跟了去。看见儿子被挤在窄窄的门缝里，吓坏了。遥控器失灵了。我们使劲推着门，不管用。F去关了电源，然后用旁边一根木棍撬门，棍子很快断掉，F又找来一根铁棍（就在哥哥的院子里靠着）撬。其间儿子说了好几句："不行了！"表情痛苦。两三分钟后，笨重的大门竟然被撬了起来，离开齿轮，门被我们推开。

儿子迅速离开，转身说："赶快走！"想离开这是非之地。儿子的脸和脖子都有压痕，叫他动动脖子，能动，问他疼不，他说不。我拥着儿子离开，又一次双手发抖，心也在抖。F在哥的院子里把门装好了回来，我还在抱着儿子。F倒来水，我给儿子洗脸、洗手、擦衣服的脏处，水被洗得黑黑的。

哥专修电动门，就在自己家院子里也装了一个。太巧，院子里刚好有那根粗粗的铁棍，锈迹斑斑。

幸好F听见了呼救声，那声音被电视掩盖了，我一点没听见。不知F哪来的力气，把铁棍都撬弯了。F的镇定、果断、力量和聪明，这次救了儿子，6日救了火。

当日晚，儿子燃放烟花，很是开心，似乎忘记了下午发生的事情。

寒假驾车行程3600公里，旅程十分顺利。此二日，心慌恐惧，惊心动魄。

二　乐事

2月6日晚开始起风，刮得呜啦呜啦的，7日中午就下雪了，积雪很快就达五厘米厚。晚上嫂子的干女儿一家来做客，带了一个四岁的小男孩，岩儿就带他一起玩雪。他戴了两副手套，用铲子收集了满满一大桶雪，两个小孩就把雪捏成雪球，到处扔，玩得十分开心。小男孩没戴手套，闲时说了句："我的手冻大了！"仍继续玩雪球。

2 月 8 日中午，带儿子去超市买手枪。三人出发，正漫天大雪，鹅毛般，在风中飞舞。朝北迎风走，到了两里外的超市，我们便成了雪人。扑落身上的雪花好一阵工夫。往回走，背着风，感觉好多了。第一次在飞雪中走这么久，别样，新奇，快乐。

11 日在四叔家吃晚饭，一大桌人，热闹，未顾及小儿。岩儿和雨轩、湘湘一起玩耍。后来雨轩碰到岩儿牙齿，还出了血。岩儿大怒，捂着嘴追着雨轩要打，我看见了，把他抱住，好半天都劝不下来。雨轩爸爸要雨轩道歉，结果雨轩吓哭了。儿子挥拳踢脚，最后冲着四叔家的木凳子踢了几下，怒火才平了些。回到家，岩的堂姐说："好厉害哦，我要是跟他打架，我肯定打不过他！"

12 日晚，在五叔家吃饭，岩儿跑来告诉我，说他发现五爷爷家有两层楼，每层楼都是可以转圈的。那天，岩儿和雨轩、湘湘玩得很开心，三个小孩都满头大汗。看见的大人都奇怪："咦，今天又和好了？！"

分　割

闲暇的暑假，被分割成了几部分，或主动或被动。原本的孤独被这些分割充塞，便看似热闹了。

七月中旬，到阿坝十日。凉爽清新，有两日竟冷得直跳。下山那天，恰遇暴雨，怕遇上塌方或泥石流，千里之外的朋友亦为我担惊。从高原归来，由冷凉到酷暑。穿着单薄的衣衫，感受太阳的温暖，其实很觉欣慰。

最幸福的事莫过于回到老家，陪同母亲，听她声情并茂地讲述那些陈年往事。我注意到，原来母亲的表达能力非我能及。

连贯的大段的语言描述父亲已无法做到。接父亲来家的六天里，每天跟父亲说话，希望让他回忆起更多的往事，却只能勾起他的只言片语。就是这些简单零碎的语言，让我觉得幸福，因为它来自生病的父亲。

我幸福，因为父亲记得我的乳名，记得我从小学到大学的所有老师，记得我的孩子是他的外孙（尽管父亲变得敏感猜疑，但对调皮捣蛋的小儿总是微笑谦让）。我幸福，原来我和父亲有那么多共同语言，有那么多共同的往事和记忆！我们记得那么多相同的人，在世的，或逝去的。我幸福，因为父亲总有笑容，他用笑容来代替和掩盖语言，或迷惑，或恍惚，或无力表达。那些词语他原本多么熟悉，却一个个悄悄地离开了他。我幸福，那天中午，父亲在剥花生的时候吹起了口哨，旋律那么美！我还以为是电视里的背景音乐。是啊，父亲多才，年轻时擅长吹笛、吹箫、拉二胡、唱歌，令我们骄傲。

这么多的幸福，便有了半夜醒来时的热泪。梦里父亲就在身边，面带淳朴美好的笑容（父亲尽管年近七旬，可牙齿完好，眼睛里还有清亮和单纯）。

我在阿坝期间，小儿随他爸游了苏州和周庄。他记不得苏州园林和周庄的河水，却记得导游对白塔的描述，记得银鱼和牛排等美食。他的记忆只来自触动，不为炫耀。有了触动方能成文。就像八月的陕西之行，他在日记里写到了壶口瀑布、延安窑洞、华山的索道、地宫和古城墙。“华山的索道让我又兴奋又害怕，因为它很快，而且离地面很高。”“壶口瀑布太壮观了，我忍不住拍了许多照片。”

与平日难得碰面的邻居在华山脚下相遇，还拉了好一会儿家常。儿子也与小宇哥哥嬉戏，直到均负小伤。想必都会记忆深刻。而一个不曾见面的网友，足迹跟我一样，走进西安，告别延安，只不过延迟了两日。

恍惚间，逝去了两千余年的秦皇，在游人们的心思里穿越。

每个人都在行走，熙来攘往，交错在各自被分割的时空里。

累并快乐着

——记我的 2011

这一年，觉得生活该做减法了。归置好已有的物品和思想；不买不需要的任何东西；删除虚假和逢迎；不做任何让自己回首时不愉快的事情。最后一条，却没有做到。这一年，白发如雨后的笋。起初是心底深深的失落、悲凉，而后是试着接受。这一年，似乎懂了一个规律：容颜的苍老跟心灵的单纯成反比。这一年，参加了冬季校园长跑，依然是第一名。这一年，一个朋友的一首小诗《两口倾斜的玻璃杯》，让我开始领悟到诗的美。

这一年结束的时候，儿子即将七岁，门牙掉了一颗，另外一颗也摇摇欲坠，样子很特别。这一年，第一次长时间离开儿子，第一次是一周，第二次是半个月。

4 月，我到成都出差一周。周六早上儿子打来电话，说爸爸不让他打游戏。还有两个早上，说晚上梦见妈妈了。另外一个晚上，儿子问我什么时候回家。

7 月，出差野外调查 15 天，一路辗转于盆周山地。第一站，住在青川的三锅镇，夜里极安静，睡眠极好。一日在西阳沟山地采栓皮栎样本。在山上工作时，儿子打来电话，问：妈妈，你在外面有没有房子，住哪里啊？我说住宾馆，儿子又问：妈妈，你有没有钱啊？我说有人给钱，儿子放心了。一日在西阳沟水边采集绢毛绣线菊，天气很热，怕晒穿了两件衣服，下午回旅馆后有中暑症状，渐晚即好。

三日后赶往广元，途经凉水完成了黄荆样地。我们使用土钻取土样，两个研究生小伙子一个扶着手柄，一个抡橡胶锤。测土壤颜色的门瑟尔比色卡很好用。当晚，我用宾馆的电话跟儿子通话，当时他和舅舅在一起，电话有些变音，儿子没听出来是我的声音。我问他是不是叫岩，他说是，反问我是谁。我避开他的问题，问：你爸爸妈妈呢？妈妈出差了。你最想哪个人？妈妈。你今天吃了蛋糕的？他答：你怎么知道？后来他舅舅告诉他是妈妈在打电话呢，我听到儿子在电话里笑起来，持续地笑，笑了至少两分钟。

离开广元，前往旺苍，再驱车到米仓山自然保护区。宾馆很是幽静，鸟语水声，空气清新。一日下午，儿子给我打电话，问：妈妈，你的鞋穿起来有没有臭味？昨天雷电把蚂蟥电死了没有？呵呵，他一直担心蚂蟥咬我呢，还担心我新买的登山鞋的质量问题。我便叫他去查阿姨给他买的百科全书，看看蚂蟥是什么样子的。

从通江到万源的路上，汽车穿过一个短短的隧道，隧道是在砾岩上直接开凿出来的山洞，拱形洞壁凹凸不平，完全裸露出原石，没有任何支撑，也没有用水泥抹平。砾岩的坚硬，超过质量最上乘的混凝土。回家的头一天，岩打来电话，说家里的钥匙换了，回来一定要给爸爸打电话，才能回到家。岩很是担心妈妈进不了家门！

回家后，岩聊天的时候说：妈妈，你走的那天晚上我就梦见你了！而且不知怎么了，越到后来，时间就过得越来越慢。岩爸说，把岩送到岩舅舅家那天，舅舅带岩一起去买菜，舅舅只买了三个茄子，岩说不行，还要给爸爸买一个。另一日岩爸回去晚了，盘子里的凤爪不多了，岩急了，说：舅舅你不能吃了，要给爸爸留两个！

这一年，儿子在茁壮成长，我也在进步。这一年，生活忙且累，但我体验到了不一样的幸福。

三天半

周一中午，儿子放学回家，兴冲冲地跑在他爸前面，调皮地关上门。午饭却吃不下，无精打采，上床睡去。到底还是病了，周末的快乐终于生悲。晚上开始发烧，38. 2 度。

次日晨 39. 2 度，没有像以往那样觉后恢复。吃不下任何东西。下午三点，“奇迹”仍未发生。匆匆赶到医院，就诊等了两个小时，肺部未感染，扁桃体未化脓。吃药，高温不退，不吃任何东西，呕吐到胆汁。夜里儿子难眠，我也未能安睡。

周三早上发烧到 39. 8 度。决定去输液。病孩实在太多，周边满是哇啦哇啦的哭声，儿子早已体力不济，无声。中午 2 点过才回到家。我赶紧前往新校区监考。晚上 39. 3 度。即使不触摸他，也能感觉到他身体的热气。夜里一直想着：要是我能替儿子生病就好了！

周四早上我便觉头昏，呕吐。老公带儿子去医院输液。我在家睡了一觉，两个小时后醒来，完好如初。QQ 里好友说她在陪儿子遨游题海，我说我在陪儿子感冒。儿子中午退烧至 38 度，晚上 37. 5 度，基本恢复。

儿子生来，这是第二次输液。插针头的时候他要遮住眼睛，取针头的时候他更是害怕血“漏”出来。

此三天半，所思所想颇多。想到自己小时候出麻疹的情景，想到儿子的已经去世的奶奶，还梦见了去世多年的外公外婆。

追梦人

平日总是很健康，熟人朋友们都知晓这一点，我时常为此自豪。可是，那个周末却又患了“老毛病”，大概是感冒，按惯例，吐完之后睡上一觉便可痊愈，从未就医；糟糕的是其间伴有头疼，隐隐的疼实在不舒服，让人不能正常思维。

我知道我的身体某处一定有个缝隙，病就从那里乘虚而入；如同心理，外表看似强大，却时有脆弱，弱到想退缩，想躲开。

躺着，全身心对抗感冒，只想着快点好起来，别无他求。头脑里那些烦躁渐渐离去，忘记了为亲人们的担忧，忘记了工作中的压力，忘记了凡俗中曾经许多的不安。那些无形的压力被揭开了去，不见了，心情无比平静。取出枕下的一本书，是一个朋友推荐给我的《一个人的村庄》。之前也在看，却读得有些吃力，往往是眼睛看着书，心思却去了别处。可这次，一口气看了许多篇。的确是一本好书！或许我注定要以这样的方式，在这样的日子里和这些美好的文字相遇。

之后，我搜索了这本书作者的博客，读了他的其他作品，十分喜欢，尤其是《先父》一文。

也是这个作家朋友，借给我另外一本书：韩小慧的一本散文评论集。看了这么多年的散文，却从未看过散文评论。看得有些茫然，又似乎有点明了，就这么似懂非懂地看下来了。只剩最后一节的时候，朋友发来消息，要我次日还书。他也是借别人的。

晚上，给儿子讲完故事，待他睡着，我轻轻下床。开了客厅的灯，倒上一杯水，打开电视作为背景。继续看这个女作家兼主编的细腻文字，花两个小时读完。所谓书非借不能读也。

思维还沉浸在书里，听到电视里传来很熟悉很优美的歌曲。是罗大佑的《追梦人》，旋律早已耳熟能详，这一听如见故人。主持人说罗为纪念三毛而写。这个专题片的主题就是“流浪的三毛”。静静地看下去听下去，沉醉其中。我知道关于三毛的节目已经很少了。我知道我注定会在这样一个深夜看到这个节目，再次沐浴在三毛的浪漫世界里。

登松树梁

老家是个小山村，那里有很多别有生趣的小地名：红坡梁、毛背梁、大柏树、大松树、一碗水、簸箕石、长坪、尹家湾、松树梁……每一个地名都能勾起许多的童年记忆，其中，松树梁见证了我生命中的一份友谊。雯是我的初中同学，那年暑假，我们十三四岁，她应邀到我家。那天，我们抬头仰望屋后的高山，山陡峭而遥远，山梁恰似与天相接。两个少女临时起意，决定登上它的最高处——松树梁。

我们从家出发，沿着弯曲的羊肠小道，直到尹家湾。这段路大概3000米，但因为路陡，我们花了1个小时。从尹家湾到松树梁，垂直距离不过100米，但根本无路可走。要上松树梁，我们必须穿过荆棘丛生、灌木与藤蔓密集的林子，看起来每一步都很艰难。我在前面带路，雯跟随在后。我折断挡路的荆棘和树枝，踩踏碍事的藤蔓，攀着树干，拉着藤条，一步一步前行；实在走不通的地方，就避开绕行。我没有想到过撤退，小小少年无所畏惧，不言放弃，因为那是“我的山林”；我一往直前，心里只有一个信念——必须从这里爬上松树梁；我也没想过可能会有隐藏的毒蛇。那天，我们在这100米的垂直距离内连续“奋战”了2个小时。到达山顶时我们满头大汗，灰头土脸，衣服被刮破皮肤被刺伤。但我们浑然不觉，快乐无比。

山顶豁然开朗。我们静静地斜躺在山梁上，迎着山风，听松涛阵阵，偶尔对话；我们离天最近，离地也最近。我们的心里似乎波涛汹涌，却静静地，躺着；耳边有鸟语，空气中弥漫着野花和松树的香味。我们沉浸在诗一般的意境里，聆听感受，快乐无忧不语；我们的心被大自然征服，变得柔弱、茫然而幸福。我们觉得自己仿佛是从天而来的两个仙女。就那样斜靠着天地，我们在山梁上躺了一整个下午，天快黑了才想起下山。时间模糊了关于那个下午的许多记忆，但我们清晰地记得——那个下午无比美好。

多年之后，如今松树梁依然屹立，那片尹家湾山林更加茂密，早已无人穿行，再也无人试图征服。我想，如当年那般无畏的我们，即使穿越现在的山林，也一定行。我想，我们一定成长了许多，就在那个下午。

呜　咽

那日中午，我刚坐在餐桌旁，便听到了鸣笛声，特别的声音突然而起，拖得很长很长。我看看墙上的钟，正好十二点。三遍，五遍，一遍又一遍，这声音不再是平日听惯了的噪声，而是呜咽，长长地，痛彻心扉般。

时间过去三天了，这呜咽声似乎一直没有结束，时时撞击着心灵的某个地方。

昨日翻《散文》，看到一篇《井冈山往事》，里面的描述令人惊心：1929 年 1 月底，井冈山失守，两千人的井冈山被杀害了一千多人。当地许多参加或同情革命的人被集体屠杀，许多人家被灭门。从下庄到荆竹山五十里内，不见一幢完整的房屋，不见一个活着的人。所谓同情革命，比如为红军带路。

我以为那里是一个风景优美的浪漫地所在，原来它是一个生灵涂炭、染血遍野的地方。

这世界，有一种行为叫战争。这鸣笛，也许是井冈山那些逝去的魂灵在哭泣，或许是被残忍屠杀的三十万南京人在呜咽。

我爱我家

新房子的装修进度缓慢，老公或我有空才去理这事，没空就暂停，故前后持续一年有余。

先是楼梯的问题，两层的房子，却无楼梯，得自己做。我的一位老同学是建筑结构设计师，巧的是那个暑假老同学因家事从远方归来，而堂弟是做建筑支模的。灵机一动，请这位国家一级结构师帮我设计楼梯，请堂弟做支模兼后期工作，他正想一试身手呢。

设计图纸很快出来了，同学替我们考虑好了每个细节。暑假结束，我家的楼梯落成，比起同事们定制的木楼梯，我家的楼梯大方结实、独一无二。

没有请装修公司，设计图藏在老公心里，操心的主要是他。装好的房子，简洁大方、实用、可心。

去年寒假，想要买家具的时候，有幸跟另一位多年未联系的老同学和他的爱人见了面，而他们做的正是家具生意。之后，他们给了我很好的建议，在两位热情、周到、细心的帮助下，我买好了所有的家具，十分满意。

外地买来的家具，不好请工人。装家具的工作，全在老公的指挥下进行，他的空间思维能力实在令我服气。我也参与了拧螺丝之类的活儿，装完那么多家具，十分有成就感。高兴地跟老公说：第一眼看见你，就知道你很聪明，会干很多家务活！

屋顶有一小块地，儿子特别喜欢那里。两年前，他亲历了黄豆发芽和长成“黄豆树”的过程后，就一直对有魔力的种子很感兴趣。今年的西瓜刚出来，儿子就要把黑色的西瓜籽埋在泥土里，之后还种了观赏向日葵和指甲花。就这样，我们真的就把楼顶种成了风景，还种下了快乐。

三八妇女节

3 月 8 日下午，我上了四节课，嗓子有点冒烟。我从未在意这个节日，记忆中每年的这一天似乎都有课。

一个很久未联系的朋友请我过节，是上大学时认识的，算是老朋友。居然看到了 19 年前我送给他的笔记本，扉页上的留言果然是我的笔迹，只是早已不记得此事。他还保存完好，笔记本里是他多年来写的诗歌。

这是一次特别的晚餐，听一个成功的教育策划者讲自己的心得，听一个桃李满天下的老师谈自己的学生，听一个诗人诗意地描述生活。

回到家，桌上有学生们送来的鲜花，还有两本包装可人的书，那本《幸福了吗》正是我想读的。取出很久未用的一只精巧花瓶，打开花束，把花枝逐一插进瓶里，一幅生动的画面就出来了，屋子里似乎一下子有了生气。

这是春天该有的景色，这是春天该有的心情。

卧室桌上有儿子的画，是老师要求画给妈妈的。儿子眉飞色舞地给我讲述画的内容，他还说这一次他画得比以前仔细。

一挂手钏

手钏主材质为白花蜜蜡和青金石，配以棕色的血珀瓜珠与玫红的琉璃。蜜蜡原本是大自然里的生物化石，在地壳中修炼了几千万年，今日得以与你相见，带着闪亮的黄色。来自异域的青金石，颜色似宝蓝近深蓝。原石多数色彩暗淡，而它们，赫然出众。这一挂手钏，只一眼，你会惊诧于它的明丽与张扬。

黄色是天底下最明亮的颜色，最能夺人眼球。据说它是恋人们衣衫的颜色。大概没有什么颜色能像它一样衬托出你闪亮的心境，如果你恰好有的话。一颗来自地下的石头盼着有人瞩目，一个人，来世间一遭，又何尝不应该放飞自我，展示自我，方能不负人生。魅力这般独特，唯有黄色。假使你心情不算好，你凝视它，它会一点一点地冲击你的心灵，直到你觉出莫名的愉悦与兴奋，直到你的心中拥有希望。蓝色是黄色的互补色，青金石的蓝还是天然的绘画颜料呢。这悠悠的蓝色，让我的心又慢慢平静下来，继而坦荡从容。黄蓝配色绝佳，对比鲜明，相互衬托出对方的美，相得益彰。

浅色石往往会或多或少地透光，露出贯穿其中的丝绳，与原石格格不入，让人心里作梗。可这串手钏的材质，色彩明丽，却沉稳不透，恰到好处地避免了丝绳透漏的尴尬。你且当作这丝绳不存在，或者只允许它在悄悄地存在。毕竟，它不可缺少。

血珀有着美丽深邃的棕红色，琉璃的玫瑰红温润抢眼。棕红与玫红的穿插，增加了色彩的稳重感。琉璃单独悬系，便有了环佩叮当的意味。于是，眼前仿若有一位古典美女，移步款款而来。同时，两种配材与两种主材，形成体量大小与形状的对比，跃跃然。

设计者是一位生活无忧的“小康二代”，她从小学习美术，造诣不浅。她是年轻的文科博士。她热爱文学。她的设计不同凡响，既张扬又含蓄，做到了雅致不媚俗。她不怎么打理她的小店，偶有设计新品，只是因为喜欢。

于是，在我心里，默认了它的完美。从设计者到作品。

于是，我三更半夜悄悄起床，记下这些。也只是因为喜欢。

秋去冬来果州城

秋初的滨江公园一角，吉祥草高得掩盖了小灌木；凤尾竹苍翠啊，忍不住流连张望；园丁正在修剪，空气里弥漫着枝叶的沁人清香。旁边的草地上有个男子在遛鸟，却没有鸟笼，小鸟一边啄食，一边跟随男子轻柔的口哨移步，直到雨来，他便捧起小鸟奔跑。

第一次到“印象嘉陵江”湿地公园，属走马观花。那时我刚从上海回来，隐隐觉得其园林设计与景观呈现不亚于黄浦江畔，江面更宽阔内容更丰富。还注意到渡口的粉黛乱子草美艳如花。此两点令我心有所动，怀想多日。10 月，我择日独自一人前往，经王府井广场，走江上浮桥——最让人心动的便是这段浮桥。

我靠着栏杆，看滔滔江水东去，不愿离开，一待一个小时。我仿佛重新回到了 19 岁时就记忆深刻的川西的巴朗山，头顶是辽阔的蓝天，无边无际，脚下是高山草甸，野花遍地。我怔怔地立在山巅，任清风拂面。天与地，自然与人，一切都那么和谐，一切都安静地流淌在岁月的长河里。我忘记了时间，忘记了自己从哪里来又将要去向何处。我只是静静地，立于这天地之间。如梦，如画，如曲。

念天地之幽情，古往今来，人生数年。逝者如斯乎！如斯乎！

散步师大校园，见青砖黛瓦之上，几枝黄叶出墙来。明亮的色彩，纯粹得看不到一丝瑕疵。枝叶在冬日里静默不语，却美得震撼人心。梧桐叶落在草地上，褐色的叶片与葱绿的草地对比鲜明，似乎草更绿更具生命力。

11月，校园的梧桐叶像花儿般绽放，红黄绿三色齐现，有了些姹紫嫣红的意味。一日，与友人散步，放眼望去，美不胜收，便不想挪步了。一日，独行于行署礼堂前，见一树树枯叶，从容地立在冬日暖阳里。那一日，结束了连续三天的脑力劳动，出门再赏梧桐，枝头枯叶依旧，在冬日的习习冷风中，沙沙鸣，或哗哗作响，仿若一首首奏鸣曲。操场边几只胖胖的小鸟在蹦蹦跳跳，我便跑起来去追赶它们，一片片梧桐叶在身边飘落。

西山下，腊梅花开，花叶同在。黄色的叶片迷人，馨香的花朵诱人。

秋去冬来的某一天，我爱上了果州城。

我身边的大家

我所在单位是一所普通的大学，他是我的同事。确切地说，我很幸运与他同在一个学院。周围的人都尊称他为老先生。老先生热爱科研，成果颇丰，成就很高。去年，老先生曾做客央视的访谈栏目《大家》。

老先生爱花，这一点他的学生和朋友都知道，时常给他邮寄一些本地没有的花卉品种。粉红的蜀葵这里常见，他家有紫红、深红、白色和杂色等品种；三角梅多为紫色，他家却种着红色与黄色的三角梅。花草是老先生的宝贝，他十分爱惜，细心侍弄，并送给周围的人。同是爱花之人，我便有了和老先生交流的话题，他曾经打电话问我生根粉怎么使用，如此信任和平易近人，让电话这头的我颇有几分感慨，于是也会送点什么给他。偶得一种美丽的五色椒，老先生便高兴地拿了去。

去年秋季开学的时候，下班时我爱人开车接我。途中见老先生正一个人步行，我热情地叫他，请他上车。途中他给我们讲起他家里养的一种野生花卉，见我很感兴趣，便说要送我一盆。在老先生家的阳台，我看到琳琅满目的各式盆花挤得满满当当，各种色彩点缀着小小的阳台。除了花草，他家里竟然还养着孔雀和锦鸡！老先生的爱人正在给一种草花上盆，那就是要送给我的花。老先生告诉我它叫“摸手香”，只要用手抚摸一下叶片，手心就会有苹果一般的香味。

回家寻了书来看，并在网上查了资料，才知其学名应为麝香天竺葵。它和普通的天竺葵外表相似，但叶柄较长，外表极平凡。用手轻触叶片，手掌便有了清新的香味，闻起来令人十分惬意，你会因此突然间就快乐起来，然后忍不住再次去摸、去闻。春天的时候它枝叶茂盛的生长，不久竟开出无数的小白花来，像极了满天星，第二次给我以惊喜。热爱生活是什么样子，也许就是老先生的样子吧。八十岁了，他仍然心动于那天竺葵的花香，仍然期盼那一对孔雀繁衍子代，增加数量。于是就想，或许一个人的成就跟他的执着和好奇心，以及心底的单纯有点关系。此外，也许还要加上健康，老先生的身体也令人叹服。下雪的时候，三十余岁的我穿羽绒服，老先生只穿着两件单衣：一件 T 恤，一件两层的夹克。老先生是如何练就如此的本领，我不得而知，只是因此多了一份对他的尊敬。

老先生之受人尊敬，更在于他的成就。他几十年如一日的工作，很多时间在野外翻山越岭、调查研究；他专著和论文颇多，引领了一代科研工作者。老先生在学术界闻名全国全世界，是单位的最大“面子”。但他不做官只为民，悠然地徒步或赶校车。平日里老先生穿布衣布鞋，甚至连随身的包也是布袋。但每每走路，腰板挺直，跟我们一起乘校车上下班。那不愧是校园的一道风景，让许多见到的人心有所动。老先生有个女儿，也在学校工作，上班时常和老先生同车。老区有北门和西门，校车先到西门，再过北门。有一次看见他的女儿在西门上车，有座，而老先生在北门等车，座位已没。

我奇怪地发现他的女儿看见父亲后没有丝毫要让座的意思，继续与同伴聊天。不过回头一看，呵呵，车前排的座位上大家都在为老先生让座，十分热情。此后，总见老先生早早地就在等车了，或许他怕晚到了给大家带来让座的麻烦。学校的领导，来去都有小车接送，但没谁比得上老先生的成绩。曾经跟老先生的一个弟子谈起此事，他在 QQ 留言："简直岂有此理！"此君为官数年，出行有车有司机。去年老先生在新区分到一套房，从此，便很少见到他乘校车了。

今年暑期一个全国性的学术会议在单位召开，正好是老先生八十大寿。前来参加会议的人数超过了主办方预计，他的众多学生和朋友前来，全是奔了老先生。场面甚欢，令人感叹。

我的实验室与老先生的办公室斜对，总能看到他伏案忙碌的身影，每次心里难免有点惶恐之感，因为他突出的成绩，而我相差甚远；但同时也觉得很温暖。我想，他一定清楚自己的成就，因为周围有那么多的夸赞、鲜花和掌声，伴随着领导的笑脸；而他的存在，还慰藉并激励着许多人的心灵，这一点他不一定清楚。

老先生七十八岁退休，如今年过八十，依然每天出入实验室，潜心科研。

初夏的风

周日的下午，朋友发来短信，问我在干什么。我不知道作何回答。我没做着什么，却似乎忙着。想了想，回了短信：“我坐在学校篮球场的角落，树荫下。球场一片喧嚣，那些年轻的学生们在打篮球。初夏的风轻轻拂过，送来阵阵小叶女贞花序的馨香。儿子跟他的小伙伴们在不远处玩耍，我得不时地用眼光寻找他，有点像小时候放牛的场景。”

其实我们是两个不同世界的人。朋友从商、成功、人生得意，豪爽大气，仿佛世界是他自己的。我则是个讲课、读书和写字的人，过着平凡平淡的生活。他的关注，仿若给我的生活注入了一缕阳光。或许是心灵的广博，成了联系我们的纽带。我们分享不一样的人生、不一样的体验。由此计，人世间，谁人不可做朋友?!

初夏的阳光下，那棵高大的老榆树十分惹眼，深绿的叶片在闪闪发亮。它立在篮球场的中央，根系淹没在水泥地下，树冠覆盖了大半个篮球场，很可心地给那些锻炼的学生们蔽荫。它的树形十分漂亮，也可以说是“潇洒”。六个大枝干不分主次，往各个方向斜上伸展。似若青年人般毅然挺立，精神气十足，又像一个从容、沉稳的老人。那些细枝张开去，仿佛要尽情地拥抱住阳光。枝梢们纷纷垂下，在初夏的风中摇曳，似若少女，婀娜多姿，翩翩起舞。看着看着，我的思绪也纷繁起来。

那日，M收到亲戚送来的美味土特产，便打电话约我去她家。那一餐很可口很特别，从此留在记忆里。某个下午我俩都有闲暇，相约一起喝茶，那是个惬意的下午，那些心灵的交流，那份真诚的情谊。M说看了我写的文字，讲到那个成为我的文字里“配角”的细节。我们像是青春时的伙伴，哪里还知道自己是中年女子！人生难得一知己。很多人说同事间难以产生友谊，可我们却有平淡却温馨的君子之交。

在我心里，没有人有Tina的执着敬业，也没有人有她那般的直言不讳。时隔一周，Tina竟然问起我小儿感冒什么时候好的。一般的朋友难以关注到这样的细节。我想我不该责怪，我只是觉出了Tina的不同，没有人有她的敏感和细腻。

突然间很感动，生活其实很美，很好。因为有他们，还有我自己。

视线内的儿子，跟着伙伴们，在球场边的花台上爬上又爬下。那个花台高度足有一米五，爬上和爬下那个花台对他们来说都不容易，但他们似乎不知疲倦，以征服那个高过他们头顶的台子为乐趣。爬上去了就在棕榈树、光叶海桐以及那些不知名的灌木、草丛之间穿梭。爬下来后就在那片难得的地上玩会儿泥沙。一会儿又爬上南侧的那个立面梯，高高地坐在上面，以新的角度注视周围的一切，嘻嘻地哈哈地笑。一会儿他们又跑到球场边，一起取笑那个脱去上衣打球的叔叔为“光叉叉”，不停地重复这几个字，直到大人们也开始嘲笑他们用词不当。

一会儿，小儿们“转战”足球场，那里有他们永远热爱的沙坑。我坐在入场口的最高一梯石级上，俯瞰下去，球场尽收眼底。儿子和他的玩伴们在远处，在我眼里就只有了小小的身影。球场上的大学生们在练习广播体操，喊口令的是一个女生。环顾球场，它是我十分熟悉并且曾经每日亲近的地方！

大学四年，我几乎每天都在这里锻炼，主要是中长跑，也打羽毛球、骑自行车，也曾经和眼前的这些大学生一样，练习过广播体操。还踢过足球比赛呢，虽然至今不懂越位，但当时因鼻子被对方守门员踢出了血，竟然获得了“优秀守门员”的称号。

学校的每个赛季到来之前，我们就在这里集训，负责的是体育委员 J，J 的体育成绩十分了得，短跑成绩优异，是“国家三级运动员”，他在足球和篮球场上也帅气十足。J 对训练工作十分负责，对我特别严格，有一日给我的长跑练习任务是 5000 米，他就那样严肃地板着脸要求我跑完。我心底有些抵触，却也开始跑，好强地坚持跑完。

同室好友 W，与我十分相投，我们总是在一起锻炼。足球场我们并肩齐步，挥洒了许多汗水。我似乎幸运些，比赛中时有获奖，于是劲头更足。

那时，并不知道自己多少有些长跑的天赋。真该感谢父母，遗传给我健康、耐力极好的身体。真该感谢读小学时每天来回要走的三公里，读初中时每天要步行加小跑的十公里，读高中时每周徒步赶路的二十公里。是的，真应该感谢那些崎岖不平时常泥泞的弯弯山路。

……

目光所及，我是生活的主人；思想所至，我是生活的旁观者。陪伴儿子成长，似乎有些被生活所困，似若被拘一隅，却也甚是温暖和平静，亦有隐藏的自由和激情。

突然，听到儿子清脆的声音："妈妈，我要回家，我要吃饭，我饿了！"小儿的表达总是这样直白。抬头一望，儿子满脸汗珠地出现在眼前，脸颊通红，样子十分可爱。我发现他的头发里有一闪一闪的光，脸上有大颗大颗的汗珠。摸摸他的背，却没啥汗。心想流汗也会遗传，因为他的爸爸也是脑袋容易出汗。我赶紧用毛巾给儿子擦干湿漉漉的头发，学着儿子的奇怪的表达方式说："宝贝的脑袋烧开了，沸了！"

转身，牵着儿子的小手，我们慢慢地往家走。迎着初夏的风，凉凉的，爽爽的。许多的记忆和现实交织着，萦绕在心，暖暖的。

那些美丽的花儿（外一篇）

玫瑰。玫瑰实为杂交种现代月季。其品种繁多，色彩缤纷。玫瑰最适配以满天星，又名霞草的满天星，有着与生俱来的天赋，它总能把团块状的玫瑰花装点得无比柔美，再把柔美渲染得如诗如画。它原本不是因为爱情而芬芳，万灵之人，给予它美丽爱情的象征。

提取玫瑰精油，是玫瑰的第二大用途，其香料用于化妆品、香水、食品等各行业，价值超过黄金。每年初夏时节，保加利亚巴尔干山南麓的“玫瑰谷”一片花海，各色玫瑰竞相开放，所产精油出口量居世界首位。

著名玫瑰品种“蓝色妖姬”最早来自荷兰，原本只是体内吸入了蓝色染料的加工玫瑰。据说日本国现已培育出真正的蓝色玫瑰，可人们似乎已经不在乎它是来自染色剂还是遗传基因。从浑身长刺、一年仅一次开花的原生玫瑰到周年开花的现代月季，人世间形形色色、真真假假、永恒的爱情主题造就了玫瑰产业的辉煌。

水仙。柔情蜜意的玫瑰生于旱地，水仙则为凌波仙子。中国宋代杨万里有诗曰：“韵艳香仍绝，花清月未清。天仙不行地，且借水为名。”赞誉其优雅高洁，超凡脱俗。希腊神话中，少女 Echo 爱上了美少年 Narcissus，却遭拒绝。自恋的美少年被惩罚，爱上了水中自己的倒影，日子久了，他便化作了水仙。

水仙刚烈。它无须土壤，在清水中便能生长，花朵艳丽而馨香，它轰轰烈烈地开过，养分耗尽而亡。此般香消玉殒，如传说中的荆棘鸟：从离巢的那一刻起，荆棘鸟就在寻找着荆棘树，找到后它把自己的身体扎进最长、最尖的荆棘上。在奄奄一息的时刻，它超脱了自身的痛苦，在荒蛮的枝条之间放开歌喉，那凄美动人、婉转如霞的歌声使云雀和夜莺都黯然失色。这是一曲无比美好的歌，曲终而命竭，整个世界都在静静地谛听，上帝也在苍穹中微笑。

Narcissus 和荆棘鸟是西方故事，水仙是中国传统名花，让人不得不惊诧于文化的交错。如今，中国的水仙造就了福建漳州和上海崇明水仙生产的行业规模，种球远销国外，创外汇逐年递增，大有与荷兰郁金香媲美之态势，多亏了那些优雅、古老的诗句和美丽的传说。

波斯菊。原产墨西哥的波斯菊，可谓真正天生丽质：它的花朵美丽而不娇艳，花茎柔弱但不失挺拔。其花瓣丝质般光滑，色彩丰富，让人情不自禁地想要轻触这如丝绸似锦缎的瓣儿；盛花期花朵高低错落、因开放程度不同而大小不一，尤似野花，若是波斯菊花海旁有一条青翠的溪流，最美不过；波斯菊的叶片细裂为线形，又为其增添了几分秀美。

哥伦布发现新大陆之后，带回来的波斯菊深受欧洲绅士淑女们喜爱。起初人们把它栽培在花园里，细心呵护，后来发现它不仅美丽，而且适应性很强，完全可以栽为野花。在城市的疏林草地上，点缀几株矮小的波斯菊，草地便会一下子就生动起来，在风中轻摇的波斯菊，楚楚动人；在野外的路旁、田埂、溪岸，波斯菊也能自播繁殖，竞相开放。在中国藏区，人们给予它最美好的名字——格桑花。

薰衣草。薰衣草原产地中海地区，与法国普罗旺斯齐名。薰衣草的花朵其实极小，蓝紫色，但无数小花组成长长的穗状花序，又常成片栽植，每当花开风起时，近看一串串薰衣草在风中摇曳，远看薰衣草波浪层层叠叠上下起伏，成为蓝紫色的海洋，甚是美丽。似乎是为了弥补它外在的不足，上天赋予薰衣草独特悠远的芬芳，据说其芳香有令人镇静安宁、促进睡眠等神奇功效，总之它是全世界重要香精原料。外加来自法国普罗旺斯的花文化，薰衣草的魅力和影响远超同出一脉且外形相近的鼠尾草。

成功的人都有自己的制胜法宝，知名的花草也如此。上天赋予每种生物不同的使命。

花开花谢

生命中真正的乐趣，是当你沉潜于某一件事物，完全忘我的刹那——柴静如是说。你在欣赏花之美的时候，一定会有这样的感觉。总有一天，你会发现自己追寻的终极目标，不是金钱和地位，而是心底的快乐。

人生快乐，人生幸福，人生得意。你慢慢地走，它总会带你到一个完满的地方，几多欣喜，几多开怀。哪能没有鲜花陪伴啊！只有美丽的花朵，才能做人生最好的陪衬。送你一捧可人的波斯菊吧，它逐次开放的花朵，是你成功路上登攀的脚步；它丝质般的花瓣，是你朝圣的心灵；它的缤纷色彩，衬托你成功时的喜悦。明天，请你走出家门，去追寻薰衣草的芬芳，回来的时候带上一株玫瑰，或者一盆水仙。

人生苦短，人生无常。有时候它等不到我们完成所有的梦想，轰然间坍塌在行走的某个角落。

大学同班那个最出色的男生，读书读到博士后，做官做到副厅级。可是，他突然走了，留下无数牵挂。与人生一样，花朵的寿命其实也很短暂，人在离开时，岂能没有那些同命运的花儿朵朵来陪伴！

那日又得知噩耗，大学的一位同班女同学因病去世。她在我们隔壁寝室住了四年。撒手人寰，她留下一个孤独症的孩子。生命在转眼间结束，离去的道路啊，怎能不让其满处缤纷！我的眼前浮现出一束又一束蓝色的玫瑰和一片片紫色的菊花，花的海洋。亲爱的同学，让它们陪伴你吧！短暂的人生，从此永恒。

2010年泰兴中心幼儿园无辜死去的孩子们，我要送给你们美丽的蓝眼菊。它外围洁白的花瓣跟你们一样纯洁无瑕，中间紫蓝色的筒状花，如眼影，那是你们哭泣的泪水染成的晕圈，那是你们在天空凝望人世间的大眼睛！

人生艰难，人生劳顿，几多烦恼和苦痛，几多恐慌和酸楚。歇一歇，与花为伴吧！花太美，那源自大自然的美一定会舒展你额头的皱纹，开启你心灵快乐的门，消除尘世的疲惫，让你情不自禁地浅笑。

家长心语

儿子出生时因窒息致新生儿肺炎，此后身体一直不怎么好，加之性格内向、敏感，我和他爸没敢奢望他有什么突出的表现，只要他健康、快乐就好。可是，今天，竟然看见老师这样留言：岩，你在“故事大王”比赛活动中表现得太棒了，声音洪亮、大方自信，我们都为你高兴、为你骄傲呢！

也许对别的孩子来说这是很平凡的事情，但我看后却很激动也很感慨。岩儿也能讲故事了！记得小时候的我也十分内向，高中时班主任老师要求我上讲台给同学们讲个笑话，虽然做了准备，可上去后我以极快的速度不到 10 秒钟就讲完了，并赶快跑回自己的座位，似乎那里才安全。自己红着脸冲下讲台的时候，其实同学们和老师一个字也没听懂。后来我做了一名老师，甚至受到学生的欢迎，其间有老师和同学的多少帮助和鼓励啊！

儿子从沉默、不善表达到今天，一定凝聚了老师的许多辛苦和期盼！因为从留言里，我能够感受到老师的快乐和欣慰。不由得想起去年的留言：“岩儿，看着你脸庞的肉肉一天天嘟起来，真是开心呀!”刹那间突然明白，原来老师和我一样，一直把孩子都挂在心上的啊！除了感谢，还有什么呢，还有一份油然而生的尊敬。

本期儿子上了周六的兴趣班，当儿子看见其他同学的家长中午接小朋友走的时候，就一再要求也要回家，我们依了他。后来，老师知道了，叫我们不要惯孩子，不要担心孩子。后来我们不接了，儿子却也照样习惯了周六的生活。我想说的是：有时候，老师们头脑更清晰更科学，而家长往往因为心底有份溺爱而退让。感激老师的热情、善意和敬业！

儿子中午在寝室睡觉的环境及特点，我一直都不清楚，在这方面我是个粗心的妈妈。如果没有生活老师两次提醒，我肯定还不知道这个简单的事实：因为天气变暖，那厚厚的被子已经不合适了！现在儿子在家睡觉的时候知道自己把肚子盖住，还要盖住一部分腿；还能自己叠被子，叠法跟“解放军”的方法一样。

虽然老师们工作在最平凡的职业和岗位上，但在我眼里，你们是最可爱的人。你们如天使，在每一个童稚的心灵里撒播阳光，建立好习惯、纠正每一个坏习惯。你们左右着我们家长的目光和心灵，目光所至，是希望所在，有老师们真诚的笑脸；心之深处，因老师们的爱心和细心而荡起了涟漪。

每天走在接送孩子的路上，心里总是很轻松很快乐。当心里想着孩子有些坏习惯需要纠正的时候，侧眼看去，园外的宣传栏里就有“6种方法纠正孩子不良习惯”。门卫也是那样热情地应答小朋友的招呼，清洁工也会及时纠正孩子的错误或危险行为。在我们的身后有着敬业的教师和幼儿园管理团队，家长能不放心吗！

窗外那棵悬铃木

窗外有棵高大的悬铃木，我从搬进单身宿舍那天起就注意到了。从二楼的窗户望出去，使劲仰视，我也无法将它的枝叶尽收眼底。

我曾经梦想过的独居一室的美好时光，开始了。我的那间小屋有架学生宿舍那样的两层铁床，地上是老式的木质地板，窗前有一张书桌，旁边立着一个竹书架。总是那棵悬铃木陪伴着我，月光或是外面的灯光把它的影子投射到室内的墙上，光影交错，呈现出一幅无与伦比的动感的美妙画面，我蜷卧在藤椅上或躺在床上，看见它的枝叶在晚风中摇曳，仿佛能听见它在诉说什么，像一位忠诚的友人。

不知何时，悬铃木的叶片已经悄悄地变得翠绿了，在春天的阳光下熠熠闪光，我总是凝视良久。我常常坐在桌前，手里拿着一本书，时不时地抬起头来，望着窗前的老树干和树干上萌发的隐芽，沉思或发呆。一个阳光明媚的下午，我站在窗口，看着楼下成双成对的学生慢慢走过，心中一片茫然。我穿着那件带有稀疏圆点的连衣裙，风不时地把各种花香送来。不知何时，我发现裙子上的圆点变得密集起来，越来越密，我抬起头，轻轻地擦擦朦胧泪眼，于是那些圆点便又稀疏起来。

夏季，悬铃木枝叶婆娑，宽大的掌状叶片在风中摇曳，仿若老朋友在向我挥手。眼前一片生机勃勃，突然感觉到我的心飘了起来，张开了想要去感受周围的世界。阅读已经成为习惯。那个夏日里，我迷上了史铁生的书《好运设计》。真想像他那样做个写作的人，我心里那么多梦想，那么多温情和美好，那么多感受，我想写下来。有一个夜晚特别兴奋，看书到深夜两点，直到电闪雷鸣时突然断电。后来下起了大雨，我便看雷雨中的悬铃木，听雨，听雷，那是多么令人畅快的雷声啊！

当知了不再聒噪，窗外的那颗悬铃木依然，高大挺立。深秋来临的时候，悬铃木开始穿上迷人的彩装，一身黄绿和橙红。一个星期四的清晨，我合上那本散文集《徘徊酒缸边》，翻身下床，发现清冷的曙光已经在阳台外面漂浮。我看了看书桌上的那块表，它告诉我已经接近六点了。这刚过去的夜晚，我一直未眠，也许是因为那杯浓茶，也许是因为那本书。书里没有什么故事，只不过是些随笔，却令我时而流泪时而笑出声。我是一个孤僻的人，但徜徉在一个人的广阔天地，宁静、轻松、惬意。偶尔，或一段时间，我行我素，像窗前的那棵悬铃木一样，其实是可行的。

冬天的冷风吹过，窗前的悬铃木树叶纷纷飘落，它便一下子瘦了下来，但它依然挺立，依然高大。它似乎在以自己的沧桑经历向我诉说着忧伤的故事。当迷茫和无助向我袭来时，我觉得自己像一片飘动的云，孤零零的，和任何人都无关；觉得这个世界好冷，仿佛我从悬崖跌进了山谷，沉如冰冷的河底，然后又遇到了寒冷，河流封冻了。我知道我应该改变了，窗前的那棵悬铃木也告诉我应该改变了。

后来，我到异地求学。一日返家，我惊奇地发现，窗前的那棵悬铃木不在了！恍惚间我摇摇脑袋，那棵高大挺立的悬铃木，真的无影无踪了！它原先站立的那个位置，是一丛生机盎然的吉祥草。再也见不到它了吗?！我心里很失落，还有些慌乱，总觉得它还会回来。

再后来，我搬了家。当我一天天沉入生活的烦琐中时，我似乎忘记了窗前的那棵悬铃木。

游　归

贡嘎山海螺沟，有着巍峨的高山、参天的古木、奔腾轰鸣的河流、1 号现代冰川。却在路旁种植一些金鸡菊、金光菊、红枫，感觉实在别扭，路边随便拍的象南星、柳兰、凹叶景天都胜过那些娇柔的园林植物。旅行中成了一个植物迷，依次拍下那些入眼入心的植物。毛蕊花、美蔷薇、窄叶火棘、山合欢、两头毛……摘下一朵美蔷薇，放进一个矿泉水瓶子里，几个小时后打开，满瓶生香。

螺髻山的瀑布温泉，据说为世界最大。在狭窄的岩洞里穿行，任瀑布击打肩背，舒适感远远超过美容院里最好的按摩。这是大自然的馈赠，世间绝无仅有。偷偷溜进温泉旁边的河流，河水却冰凉刺骨。

邛海的水最有灵气，荷花、睡莲、荇菜和菱等生长繁茂。泸沽湖的水瓦蓝瓦蓝的，连绵的微波，特别想跳进水里，穿过那些海菜花，直游到对岸。我想，我心里一定住着一个野丫头，想要完成小时候渴望与水亲近却被禁止的梦想。

光雾山的红叶，在阳光下闪亮，在秋风里飞舞、飘落，随着河流去向远方。原来，古人早已替我把感思写成了诗。“露染霜干片片轻，斜阳照处转烘明。和烟飘落九秋色，随浪泛将千里情。”

数次到宽窄巷子，最悠闲的一次，听长满青春痘的小伙拨弄手鼓，看满脸老年斑的长者玩自拍杆，看川戏馆、茶馆，逛书吧。

春天里，住进阆中古城区的一家宾馆。沿着长长的过道和走廊，有花有落英；房间的窗口外，桂花新叶绿得发亮。漫步古城、爬滕王阁、登白塔山。遇见鲜花怒放，一树树，一丛丛，一片片。一缕缕春风拂来，一阵阵花瓣雨飘扬。最难忘的是一张张青春的笑脸，如花般灿烂。

九寨沟，是我最想再去一次的地方。在九寨两日，骤然平静下来，美妙的自然山水让人忘却了生活的烦恼，没有了浮躁和苛刻。奇怪地心生反感，对那些搽粉的脸、眉间的愁纹和充满欲望的眼睛。心里想着，神奇的九寨。

这种平静超脱的情绪，我仅保持了两天。回程时，在松潘那个牛角梳的卖场里，我又突然失去了它。我看上了一把梳子，但没有马上买下来，而是跟我的同行者分享了我的惊喜，赞不绝口，一数那梳子的好处，什么入头发的感觉，和头皮接触的感觉，握在手里的感觉。在我犹豫不决之时，那位同行者买下了那把梳子，那把人工制造、因牦牛角而异、独一无二的梳子。然后，我还看着那把梳子上刻下了两个字——他与他爱人的姓。那两个字清晰地出现时，我彻底沮丧起来。哦，神奇的九寨！刚刚离开你，我怎么啦?!

看山看水看园林，我看到了眼前美景，也看到了我心中的向往。

我的杨楝园

每一次回到杨楝园，都有不同的认识和感受，一事一人一物，一树一花一草，渐渐入心。杨楝园村是我爱人的老家，在江苏南通的海边上。17 年往返，异乡终于成了我的家。

清晨，在除旧岁的鞭炮声中醒来，孩子拉我抱我，说些趣话。哥哥嫂子准备的红米米糕上桌了，冒着热气。瞬间心有所动。

菜地旁一种草做成的咸菜很美味，老家人的叫法很奇特，那两个字我学着念了很多遍还是写不出来，穷尽专业知识，查到是“南苜蓿”。老父亲说家里的肥皂盒和鞋刷子 60 多年了，可看起来完好如初！院子外的银杏树叶片掉光了，白果落了一地，密密麻麻，无人问津，随便收拾些晒着。地里的荠菜是我最爱，采回一篮，做到春卷里了。

烛台上的摆钟，它在整点和整点半报时。你醒时它响亮地告诉你时间，甚至每一秒的嘀嗒都很清晰，你入睡时它却绝对不会吵醒你。

祭主的八仙桌上，丰盛的饭菜热气腾腾的，连筷子也摆好了。

烛台上蜡烛亮着，元宝盆里纸钱燃着。却是热闹而温暖的样子！在这片土地上耕作的人，最终长眠在地头，在绿油油的小麦地旁，在冬日光秃秃夏日绚烂的紫薇林里。

小船，河水，人家；沟渠，水稻，芝麻。这里四点半天就亮了，鸟儿就喳喳叫了，朝霞就美了。五点前就可以漫步田间地头，听灌溉渠里流水潺潺，看染了红晕的天空。有一日，台风在小树林里呼啸，厚厚的乌云压地。

儿子的爷爷，年近八十，他总是把风筝放上天，然后系住，任它在天空飘飞。有一次被人拿走，数日后风筝出现在附近的天空，他便去寻了回来。书法是老人所爱，毛笔字和硬笔字都写得相当好，让我只看一眼就自惭弗如，再看一眼心生敬重，三看就会安静下来欣赏。他还能把空竹抖得山响，他教我们的时候只说要领，我们学会了他很开心。

总是不适应这里的寒冷，可哥哥的笑容很有感染力，嫂子铺的床特别暖和，老父亲连暖宝宝都准备好了，抽屉里堆满了儿子爱吃的零食。

每次回来，都在心里想，我们还有一个家，在这千里之外。

那个流浪汉

第一次见到他，是在路旁的一棵行道树下。那是一株高大的榕树，枝叶繁茂，一簇簇气生根在风中飘荡。当时他坐在树下垒砌的低矮的水泥台子上，正拿着一张纸，似乎在仔细地阅读。我走近了，发现那只是一张小小的宣传彩页，应该是在地上捡的，但他看得很认真，前后上下一一翻看。他那陷入沉思的样子，如同一位学者，给我留下了深刻的印象。

他三十余岁，或者四十、五十，我实在分辨不出来。他身材消瘦，衣裳破烂不堪，他的头发很长并且凌乱肮脏。一看就是个流浪汉。我也无法判断他是否精神失常，这一点到现在我仍然不清楚。但他的腰板挺直，他的目光有些漠然，也有几分纯真，眼睛甚至还有几分清亮。

那条路是送儿子上幼儿园的必经之道，我每天路过那里，时常在那里见到他，仿佛那棵树是他的家。有时候他在南边转角处师大正门的那条路上出现，一次，我看见他躺在师大南门左侧的花台边缘，跷着二郎腿，津津有味地嗑着瓜子，有些怡然自得的样子。我还在宿舍区外的路上见到过他，似乎他日常的活动范围与我相差不大。

我一直怀疑他是我好友的哥哥。早年好友父亲因病去世，她的哥哥辍学，小学毕业就帮助母亲承担起家庭重任，扶持弟妹求学。后来我的好友考上中师，哥哥外出打工。从此以后，好友的哥哥离家几十年，杳无音信，家里的老母亲直到去世也没等到他。好友曾写了一篇思恋哥哥的文章，读起来令我泪流满面。

我小时候数次见过好友的哥哥，他给我的印象很深。好友的哥哥面容俊朗，身材消瘦，也喜欢看书，这些都跟那个流浪汉一样。我时常在心里想，那个流浪汉显得苍老，须发又长又脏，只是因为流浪生活所致，如果他收拾干净了，说不定就能认出来了。因此，我总是忍不住多看他几眼。

一个寒冷的冬天，我接儿子放学归来，见到了他，便买了两个热气腾腾的包子，叫儿子拿去给他。我看到儿子把包子送到流浪汉的手里，他注视着流浪汉的眼睛，一如上幼儿园时盯着老师问好的样子，那个流浪汉则轻轻地安静地接过装着包子的塑料袋，取出来开始享用。第二次儿子要我给那个流浪汉买面包，因为他自己喜欢面包。第三次我买了两个大馒头，递给他的时候，他却不接食物，突然摸了一下我的手背，还嘻嘻地笑。我吓了一跳，不由得大叫一声。

一个春季的清晨，我外出跑步，看见他背着沉重的行李，弯着腰在艰难地行走。他的速度很慢，似乎每走一步都有些困难，但没有影响到他一直朝前的脚步。那些大大小小的行李，其实只是一些脏乱的塑料袋或者破旧的编织袋。不知道他为什么要背负那么多行李，不知道他为什么在一个清晨像候鸟般地迁徙，不知道他那些行李平时都放在何处。

我决定哪天偷偷地给那个流浪汉拍个照片，发给好友看一看，却再也没见过他了。

前几年，好友的哥突然回乡了，患了轻微脑梗，说话有些含糊不清，但还可以干些农活。他说他之前一直在云南生活。好友带哥哥来看病，买药的时候，好友准备给钱，他却一把推开她的手自己支付了。我看到他的脸，淡淡的笑容，清亮的眼睛，真诚的眼神，一如我小时候曾经熟悉的样子。从此，脑子里那个问号变成了句号。

此后，我再也没有见到那个流浪汉，却时常想起他，一个我熟悉的人，一个看书的人，一个跷二郎腿的人，一个艰难负重的人，一个想要摸我的手的人。想起他那双漠然却有些纯真的眼睛，想起他碰到我的手时我的害怕。是啊，我为什么会害怕？

简单而恒定

那个初春的下午，我上了四节课。多年的教学生涯，咽喉炎一直困扰着我，因此，我总是带着杯子，以滋润因连续讲述而干渴发痒的喉咙。可今天，我忘记了带杯子。

天气很冷，本已回暖的春天又料峭起来。归来的公交车上，人多无座，旁边一个男生在煲电话粥，说大学四年，在校无几天……那些描述的语言里，夹杂着很多粗俗的词语，多到令我惊讶。即便如我般辛苦，放眼望去仍然有很多不才的学生。似乎学生的心理发展，不单是老师所能左右的。好些事我无能为力。

倦了，累了。我偏过头，我的脸颊刚好贴在羽绒服帽子的装饰毛上面。那一刻，我感觉到了一丝温柔的暖意。我闭上眼，这种感觉似乎从未有过，它让我贪恋，它似乎能补偿我的失望，还能减缓我的疲倦。那是一种美妙的滋味，如暖暖的春风拂过。我侧过脸去，保持着这个姿态，让帽檐轻轻地吻着我的脸颊……

初夏的一日，我坐在盛开的白兰花树下，万籁俱寂中花香馥郁，疲惫的身体熨帖开来。什么都不想，我只是安静地坐着，没有缘由地一直坐下去。我只想沉浸。我想拥抱这样的简单和恒定。

时常，看到一篇锦绣文章，一些能打动内心的文字时，我便有些激动，有了思考的冲动和记录生活的愿望。那是一些好日子，那些阅读的早晨、下午或晚上，我是幸运的，当我看完，我便不想再看下一篇了，只想沉浸在这篇文章的情绪和意境里。阅读给我的，是同样的简单和恒定。

曾经读到一个故事：一位70多岁的老人，养的萨摩犬死了，他痛苦不已，在客厅挂了一张超大的萨摩生前照片。他的妹妹很生气："爹死了，也没见你挂这么大的遗照!"他伤感地说："不一样，不一样!"好个"不一样"，内涵一定异常感性和丰富。总有一些刻骨铭心的东西，异于人与人之间的交往。人情恩怨，冷暖无常；狗对主人，却是绝对顺从、尊重和忠诚。于是，老人选择简单和恒定。

几周前，我播种的碗莲发芽了。今天，它长出了第15片叶，还有一颗小小的花骨朵儿！这是一颗种子的回报，如此简单和恒定。

Do Some Exercise（外一篇）

游泳是我最热爱的运动方式，坚持下来，一晃二十多年了。每次至少完成二十个来回，有时三十。荡起的水浪声在耳边哗啦啦作响，像动听的音乐；似乎全身每个毛孔都张开了，很是舒畅。

最早学会蛙泳，也最习惯这种泳姿。最喜欢的是仰泳，喜欢头枕水面仰望蓝天的那种感觉，哪怕仰望的是游泳池的天花板。有时也游自由泳，但手臂力度欠缺，有待进步。

二十多年来，游泳已经成为了生活中必不可少的一部分。一旦有空，我就不由自主地准备前往游泳馆，根本不需要督促自己坚持。很多下午，我合上电脑，撇下“劳形之案牍”，大步流星，一路小跑，脚下生风，前往游泳馆。我像一条鱼儿，去追寻心中的那片碧水。

其次是爬山。还好，果城近郊有座西山。西山垂直高度不过百余米，绕山的路却有几十公里，而且四通八达，可以随意选择。因此，爬山就可以成为一种日常锻炼。时常，约了朋友一起爬山，边走边聊，两个小时很快过去，头发和衣裳湿了，额头淌出汗珠。出一身汗的畅快，是游泳时无法体验的。走完，我们还没聊完，相视一笑，相约下次。

我特别喜欢雨，即使狂风暴雨，总令我觉得畅快。雨中登山无知音，只能独行。山青青，雨蒙蒙，游人稀少，思绪几多。我与伞同行，我与我周旋，别有一番滋味在心头。

篮球、羽毛球和乒乓球适合冬季运动，让人不再惧怕甚至藐视寒冷，也是我喜欢的。

对于一个热爱运动的人来说，往往喜欢挑战运动新项目。大学时，我细读了《大学体育》旱冰一节，在学校的旱冰场去了一次，晚上再读教科书并在心中反复琢磨，第二次就勉强会滑了。所谓从理论到实践。一次，我注意到旱冰场里有一个帅气的陌生男生，他动作十分优美，倒滑也很娴熟，令我羡慕不已。忽然，他径直滑到我身边，牵起我的手就走，我也很快调整并适应了他的速度和方向。他带着我滑了好几个大圈，我们旋转着，我的心飞了起来。当旱冰场热烈的音乐结束的时候，他停下来，微笑着向我点头致谢。早已经忘记了他的模样，但一直记得他传递给我的那份快乐，还有他那春日阳光般明媚的笑容。

一个真正的运动爱好者，总是会找各种机会锻炼。儿子上小学前的那些寒暑假，时间无法单纯地属于我自己。假期里，每天上午或晚上，我带儿子去公园玩，很多时候还约了他的小朋友。孩子们玩和跑的时候，我看看书，间隙就自己锻炼。公园里那个小小的游乐场，有一排平行梯，还有单双杠。攀平行梯，很是锻炼臂力，我可以连续攀两个来回。看到那些年轻的女孩，好半天才握住了平行梯的横杆，结果两秒钟就掉了下来，心里甚是同情。我还喜欢在双杠上做仰卧起坐。其他如压腿、踢腿、扫堂腿、爬竿、跳远，都可以在场地附近进行。后来我还试着玩棍，但我只会一个招式，是小时候看弟弟练武时学会的。假期结束的时候，常常我的功夫已经了得。手掌起了茧，脱掉一层又一层老皮。

曾经，我还惦记着拉丁舞和跆拳道。拉丁舞学了一期，兴趣盎然。不一样的运动，不一样的体验。汗水总是夹杂着快乐。

赛季小感

春末的篮球赛季，连续三周，比赛六场，终于在这个周五的下午结束了，六战六胜。

接球依然不够准，投球时也颇紧张。唯一能让个自己骄傲的是还能跑全场四处抢球，且不怎么吃力，灵活性甚至有进步。总喜欢拦截对方主力，那才有挑战性嘛。多次成功之后，便有专人来阻拦我，我左冲右突也不太受影响，有一次竟然一弯腰一低头从对方的手臂下钻过去了。

比赛的最高境界有三。一是从头上取下的发圈，湿漉漉的，几乎能拧出汗水；二是脚趾甲啥时候受伤变得乌黑，腿上有一大块淤青，竟然都不知不觉；三是碰撞后重重地摔在地上，爬起来，没事一样继续跑，撞我的胖妹几次关切地问我伤着没有，我微笑着摇头。

巧的是每周二下午都有比赛，而这天我有晚课。前两次都是一身运动装直接去上课，第三次有些不好意思了，事先带了一套衣服放在车上，躲到厕所换好了才去上课。但每次至少有半节课的时间一脸绯红。

即日开始，脱掉运动服和跑鞋，穿上裙装搭小高，重新开启淑女模式。

后 记

《初夏的风》是我的意外收获。

虽然是理科生，我却与生俱来地热爱文学，若干年来沉浸在文字的世界里，与文为友。一杯茶一本书，澄澈的不仅是茶水，舒畅的不仅是身体，还有精神。我乐在其中。我对那些美妙的一词一句一文，完全没有免疫力，那文字的妙不可言，深深地吸引着我。

至于从哪一天开始自己写，让我思量了许久，总算记起来。2001 年 9 月，我在“榕树下”网站发了几篇小文，算是开端。在写作中我体会到了无穷的乐趣，那是一种思考的快乐，以及表达的幸福。之后工作之余，读书之外，我便陆续写来，大多存在电脑里。从那时开始，我开始了新的生活，习惯了将生活的酸甜苦辣，一一记录在文字中。这些文字均为有感而发，每一篇都是来自生活的真实感受，来自内心的真情实感。总有那么些时候，我特别想写，感觉非写下来不可。而一旦开笔，往往能一蹴而就。有时候，在深夜的黑暗里，我摸出笔和纸，在黑暗中画出一些歪歪扭扭的字，次日再用电脑整理存盘。而有时候，在清晨的阳台，在傍晚的厨房，在旅游途中，我记录下来自心中的感悟。没有目的，只是迫切地想要表达。我的随身包里总是带着书，还有纸和笔，似乎有了它们我才感觉踏实，才能心安。我读，我写，我快乐。因为开始写和表达，2001年之后的我与之前的我比较而言，多少有些脱胎换骨，只是那时我并未意识到。

不经意间，我将20年的生活记录了下来。我的文字其实很少，每年不过上万字。我知道我无法做一个多产的作者，只是悠长的岁月将它们汇集成了一本书。或许，真诚的生活，本身就是一本书。多年来的文字，我仅做了整理，大多没有改变，我对它们是始终放心的——因为真实。

第一辑：书卷多情似故人。“书卷多情似故人，晨昏忧乐每相亲。眼前直下三千字，胸次全无一点尘。”能够沉浸在书本里的人是幸福的，文字让人沉醉，令人充实。每每寒暑假，我每一天都在“旅游”，不是在山水里，就是在书本里。不论是阅读还是书写，文字总能让心灵获得前所未有的自由。此辑多为读后感，还包括观后感和听后感等。

我总是与人相遇在书中，分享作者的思想，体味书中人物的生活。真该感谢我读过的许多书，感谢奉献出它们的作者。

第二辑：一路上有你。爱情、亲情、友情、师生情……所有美好的与不完美的相遇，终归是真实的人生。爱情和亲情是我生活的动力之源。友情和师生情是人生中熠熠闪光的宝石，是幸福之源。十八年学生生活，以及二十七年教师生涯，让我拥有了丰富的师生情体验。

一个性情内敛、不擅交际的人，走过万水千山，此生与你相遇。我的亲人和朋友，我的老师和学生，你们是我生命存在的意义。记住啊，我的爱和感激，肯定超过你能感受到的。读吧，这首小诗，不只是写给校园的那片蔷薇坡。

春天里
最盼望的
就是　与你相遇

那浩浩荡荡的花朵
那深深浅浅的红
那层层叠叠的温柔

那沁人心脾的芬芳
那千回百转的馨香
那光阴里的暖

无数次
在梦中漫步
沿着这片花丛

感谢我的亲人和男女闺蜜，感谢我的同事和朋友，感谢我有一群可爱的学生，感谢我经历的生活。亲人们期盼和赞许的目光，朋友和同事的赞赏，学生的留言或信件，成为了我信心的来源和整理文字的动力。

第三辑：初夏的风。本辑主要为生活随笔。

白天去了夜晚来临
芦苇在晚风中低吟
如一颗在遇见和别离之间
不停轮回的心

我来自一个小山村，经历了十八年的农村生活，小学五年每天三公里颠簸，初中三年每天十公里来回，高中三年每周二十公里往返。许多年前，我已经为自己的出生而骄傲。写故土山水，你似乎可以透过文字看到生活赋予一个人的坚毅。而后上大学，三十年城市生活，生活环境巨变，从迷茫到适应，一路走来，该有怎样的心路历程?！恰似面对自然美景和人工景观，有一天我写下了这样一句话：感谢先辈植下的参天大树，感谢设计师的匠心独运，人工景观其实也很美！

感谢上天给我的独有的视角。作为一个大学理科教师，我的专业与生物科学、农学和园林有关，我的文字里便不免拥有了些专业特色。每年，我指导学生写作毕业论文，要求学生言简意赅、掷地有声、言之有物。其实这也是我行文的准则。是的，这是些论文般的散文！

四月的某一天，我给母亲打电话，意外发现母亲的表达信息量颇大、简洁而有力！我似乎找到了自己的源头。

朋友问我想好了书名没有，我说还没认真想，但脑海里早就闪过了四个字——初夏的风。初夏的风吹过，一年当中最繁茂的季节便来到了。

此五月初，立夏刚过了几天，昨日的炎热达到室内三十度，夜里一场风，今日便凉爽起来。上午，风从书桌前的窗口进来，穿过帘子，吹到我的脸上，拂过我的发丝，轻轻柔柔的，凉凉爽爽的，不热亦不寒。

郭碧花

2020 年 5 月 9 日于四川南充